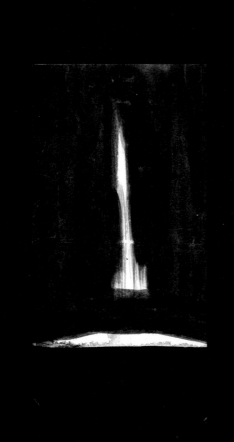

碗和钵

庞培 著

GUANGXI NORMAL UNIVERSITY PRESS
广西师范大学出版社
·桂林·

碗和钵
WAN HE BO

图书在版编目（CIP）数据

碗和钵 / 庞培著. --桂林 : 广西师范大学出版社，
2021.3
ISBN 978-7-5598-3594-9

Ⅰ．①碗… Ⅱ．①庞… Ⅲ．①散文集－中国－
当代 Ⅳ．①I267

中国版本图书馆 CIP 数据核字（2021）第 020851 号

广西师范大学出版社出版发行

（广西桂林市五里店路 9 号　邮政编码：541004）
（网址：http://www.bbtpress.com）

出版人：黄轩庄
全国新华书店经销
北京雅昌艺术印刷有限公司印刷
（北京市顺义区高丽营镇金马园达盛路 3 号　邮政编码：101300）
开本：889 mm × 1 194 mm　1/24
印张：$7\frac{8}{24}$　　字数：122 千
2021 年 3 月第 1 版　　2021 年 3 月第 1 次印刷
印数：0 001~5 000 册　　定价：69.80 元

如发现印装质量问题，影响阅读，请与出版社发行部门联系调换。

杨键的性命与招魂

薛仁明

画画之前，大家知道，杨键是位诗人。有人甚至还说他是当代中国最好的诗人。是否过誉，不得而知。我只知道，杨键和当代的诗人很不一样。

若论精神样貌，新诗诗人迥异于古代的诗人。他们，毋宁更近于西洋诗人。我常说，中国新诗诗人多数是用中文写着西洋诗。可是，杨键例外。

新诗诗人爱谈西方，多以西方为典律。不谈谈西方，即便不被视为义和团、不被视为故步自封，至少，也会显得很没水平。这是百年来的时髦，也是百年来的不得不然，更是新诗诗人的"基本素养"。杨键不然。杨键很"土"，像个"草包"。早在 2008 年，《南方周末》访谈时，他就明白表示不喜西洋音乐，"听西方的什么交响乐、钢琴（曲）都不喜欢"；他也看不上西洋绘画，"中国的东西要比他们的好多了"。这种种不喜，他不遮不掩，说得很理直气壮。

《南方周末》的记者与编辑会不会诧异杨键的底气怎么如此之足？如此违反"常识"的底气又从何而来？彼时，2008 年，中国还没什么人谈"文化自信"；《南方周末》，则是西洋人最认可的一份中国媒体。

时隔 11 年，2019 年，中国人渐渐有能力开始平视西方。中国人行遍天下、真开了眼界，尤其在西方长住过了之后，终于明白，西方没咱们以前想象的那么好，中国也没咱们认为的那么差。一时之间，过去老觉得西方多好的人，反显得特别"土"；而崇洋媚外之徒，倒让我觉得非常"草包"。眼下，回头再看看杨键，原来极端"保守"的他，似乎又格外"超前"。

但其实，杨键既不"保守"，也不"超前"，他就是他，他一直在那儿。他一直紧接着中华大地，因此显得"土"；在"土"之下，又扎着历史厚实的"根"。有"土"有"根"，广袤而深远，所以他岿然不动，卓尔不群；禅宗有言，"独坐大雄峰"，杨键有这样的气概。

有此气概，杨键一转成为画家之后，他的水墨作品自然也就卓尔不群。早先他画山水，既不秀丽，也不空灵，更没半点的虚无缥缈，反而，有着近代中国历史的种种苦涩与郁结，看着看着，老让人想起他的史诗《哭庙》。他的山水，是心画；画残山、画剩水，山水间有哭声。

几年后，杨键开始画碗、画钵，也画芒鞋。碗、钵乃吃食之器，鞋为行走之物；两者皆是形而下的，但也可以是形而上的。昔日僧人托钵、着芒鞋，是谓行脚。行脚可以让生命踩实，可以远离颠倒梦想。我平日穿的老布鞋，和杨键画的芒鞋相仿。老布鞋黑面白底，与山水画颜色相近；老布鞋看起来"土"，但自有一份简洁、大气；老布鞋穿着透气，不觉得与大地有隔。脚下一双老布鞋，我们可以重新体会古人所说的"俯仰于天地之间"。

杨键从残山剩水的哭声中走了出来，持碗如老农、托钵如头陀、着芒鞋如罗汉，如此行脚，如此俯仰天地之间，是要重整旧山河吗？是要重拾中国文明的亲冥与无隔吗？为此，诗人庞培写了一本专著，名曰《碗和钵》，其中有段话，正可作为此文的小结："杨键画钵，事关性命；杨键画碗，是在招魂。"

目 录

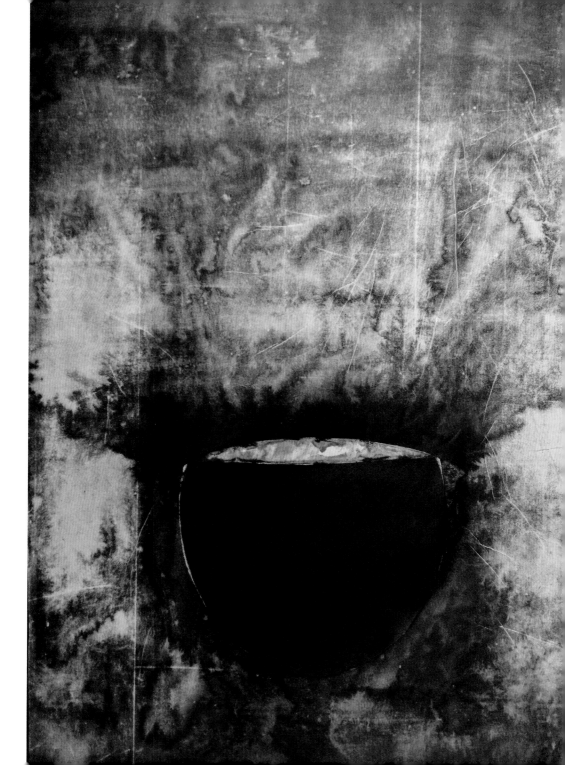

碗

碗

　　我在读温斯顿·丘吉尔的《我的非洲之旅》一书时想起了碗这个意象。当时的丘吉尔正值风光英年，从破浪前行的轮船上放眼望向一点一点迅速地从海平面上浮现风景秀丽、五彩缤纷的非洲大陆。我禁不住遐想彼时的情景：那块满眼翠绿、草木繁茂且生机勃勃的辽阔海岸线，难道不像嗟穷叹苦的饿汉们眼前的一只碗？人类休养生息、栖居其上的陆地，从空中鸟瞰，是否有普通中国瓷碗的碗状效果？一只只古老年份的碗，在大洋萦绕的地球东西半球的几片区域内，宛似终日与海草和洋流相伴的漂流瓶，犹如祈祷的手掌般向人们漂浮而近，仿佛上帝或天神亲自莅临世间，双手托举着生存和希望。的确，没有性别的碗，超越了人类文明的时空，亦同时超越了政治、艺术、记忆和昼夜。它们不生不死，极度珍贵，无色无香，抽象圆融，在空的同时丰富，在匮乏的刹那满足，在端庄中蕴含孤独，在浑圆中见四方，平面而又立体，于不垢不净中否极泰来，浅显的同时深刻，至黑暗的尽头抵达光明的核心，以脆弱的刚健显现薄如蝉翼的决心。一只碗，中国人说："存形穷生，立德明道。……冥冥之中，独见晓焉。"（庄周：《庄子·天地》）中国人说："大碗喝酒，大口吃肉。"说："砍头不过（掉落）碗大的疤。"一只碗，中国人说："道在瓦甓"，"致良知"，"随处体认天理"，"放意三杯酒，留情半夜灯"（陈白沙：《南归寄乡旧》）。或许，华夏文明的辉煌进程，集中在一方远古的青铜器皿，集中在刀耕火种时代汲水用的土陶罐内壁，集中在一只摆放整洁、体面大方的白瓷碗上。一只普通的碗，宛如一道深情的目光，一道见情明性、明辨事理的光束。在大道顿失的乱世，人们会呼吁："一碗水端平。"在贪婪尽露的时刻，中国人又会委婉地暗示和提醒："不要吃在自己的嘴里，望着别人的碗里。"可惜这句话无法及时地传到1907年时的英国人丘吉尔耳畔。

碗中有光明，碗中有世事，碗中有天地，碗中有日月星辰、大道轮回。碗中有头顶的星空和脚下的大地。碗中有冰消瓦陷、三阳开泰、春盘甫醉、嫁线征衫、黄道十二宫、肃穆运行中的宇宙天体。

碗是生命的馈赠，生活的明证。碗是一朵吉祥、和平的花。碗代表着中国人、代表着华夏文明最初明月清风的原乡希冀，是中国这个也许有世界上最古老悠久农耕文明发自内心的淳朴愿景。世人手中的每一只碗中，都一度盛放有五谷丰登的村庄的岁月。其烧制出窑的过程，清洁如孕妇临盆，如夜空满月，如片云出岫，如荷叶盛水，如遍地蛙鸣，如少女脸上的羞涩，如老衲棒喝，如猛虎下山。我们说：碗，是中国人世代相传的心语。历史慌张的片刻，总有什么人在庭院天井的过道空地，手里端着盛放菜肴酒水的碗碟张皇失措，或以摔碗坠地为信号，或隔墙听闻一阵子厨房里的手忙脚乱。这时候，碗是性命的次序，是一次又一次声音粗重的求生的呼吸，是冒险救生的胆魄智慧。碗剖白为人生的境遇，一只宫廷或民间的昂贵精致的瓷碗，在苦苦央求，替其主人从劫难中生还而暗自流泪许愿。同样是一只碗，在苦难饥馑的年代里跪地求饶着。碗的膝盖被磨破。一个个揣着碗的风雪夜归人，流尽了鲜血，跪在雪地里，被无尽的秋风所掩埋。这时候，碗又是坟墓或坟冢。在中国的语境中，它同时兼具生命的双重内涵：生和死、富裕和贫困、美丽与丑陋、动和静、昼与夜、新生和衰亡、远和近、同与异、天和地、有和无、扬或弃、得与失。既像呱呱落地，不足月的婴儿嘴边上母亲丰饶温暖的乳房；又像荡涤世间一切事物的荒凉的坟堆。

在世界各国文明的器物里，碗，生动地代表着中国人的灵性直觉。是一场亘古上扬、中国式的火焰。某种程度上，正是一张中国人朴素的、出入人世的沧桑脸庞，有着中国式精妙蕴绝的五官。所谓"明月出天山，苍茫云海间"，"误入尘网中，一去三十年"。所谓"艺术家不是自然的仆人，也不是自然的主人，真正的艺术家本身就是自然的一部分"（滕固）。所谓"澄怀观道，卧以游之"，"随类赋彩"，"应物象形"。在人类集体的面孔之上，中国人因为拥有了碗和钵、稻米和竹筷，由此而抽象成了人类唇际一抹骄傲上翘的嘴角的微笑。也许，西方通过在食物使用过程中的盆和盘子，最终成就了古代希腊城邦制和伟大罗马帝国的疆域；伊斯兰文明则牢牢占据并掌握了净手、洗礼、进食用的各种托盘形制；那么，中华大地上的中国人则习惯性地运用一只盛白米饭的瓷碗来完成其生生不息的繁衍生息。简而言之，中国人通过一只简单、简白明了的碗，向世界、向中国以外的疆域投去了冲淡和静、阴阳同体、意味深长的一瞥。

盛饭、置菜、倒酒、舀粥、喝汤、吃菜、呷酒……一系列的动作都通过一只普通家用的瓷碗来完成，这动作，代代相承而又分外细致着，细致地一一传递承续着。这瓷釉，大抵分昂贵或廉价的青瓷，官家和民间瓷，土钵或土陶碗，或普通的白瓷成形。在中国，没有比一只普通吃饭用的碗更普通的器具、器物了。碗，上得闺阁，下得厨房。碗，托下里巴人之日常；举阳春白雪为天下。一只北方的碗和一只南方的碗并排端放，辽阔无垠的南北界就此消弭。北方之碗盛放水饺，南方的碗中一定有堆尖、香喷喷的白米饭。中国人的盛情豪意，尽在其中；生活的滋润回味，萦绕不去。碗，亘古如呷动的味蕾，生活的念想。

月球表面荒凉的坑坑洼洼，被称为"碗形山"。

在中国人通过碗而完成的向世界的言说中，包含了什么与西方基督教中的十字架相并置的神秘内涵呢？

是否传统意义上的佛、释、道，在同一只"道法自然"的中国碗中，得到了统一盛放？

中国古人说："乘天地之正""物尽其正"。

万物一府，死生同状。

——战国·庄周《庄子·天地》

5

平者，水停之盛也。其可以为法也，内保之而外不荡也。德者，成和之修也。德不形者，物不能离也。

——战国·庄周《庄子·德充符》

生卒年不详，妻子死后，一度鼓盆而歌的古宋国蒙人庄子，难道不是把他胸怀的智慧，端放平稳如一碗睿智的清水了吗？

在中国，碗是人生中一个关键的时刻。不同的人可能有不同的人生境遇，一定会有一只不同样式的碗或钵，摆放在他或她面前，如同某种灵魂的印契默然无语的见证。碗就像中国人命运背后的一双眼睛，在一刻不停地审视或冷静打量。人们吃饭用的碗，在四周观察每一天的人情气候，各个不同的日常机运乃至细小平凡的心情。碗在诗人、画家杨键的巨幅水墨系列画中，宛如乱世之外一双双大瞪着的眼睛，充满了莫名的坦荡、惊恐和忧虑的诉求。这些黑白之碗被整只整只勾勒、着色，一遍遍地泼墨挥洒其碗体深处内在平实的风景，有时，如同隐士眼里颓荡的山水；有时，又像是亡灵记忆中无法忘怀的冤屈。申冤者早已屈死在人世，无名无姓的一只只空碗仍旧在漫漫长夜之中以徒劳游荡之身在竭力伸张着，甚至乞怜着早已湮没不闻的正义。"火弗能热，水弗能溺，寒暑弗能害，禽兽弗能贼。"身陷囹圄的囚犯，第一天进班房，分发给他吃饭用的碗，八成跟他做新郎、做新生儿时所使用的碗不同吧。同样，人们旅行在外，每一天见到的，都是不同样式的碗吧；比较起跟妻子小孩儿在一起体面家居的日子，大概衍生出些许的乡愁了吧。没有人能够考据出，东方大地上第一个带给人类碗的使用发明者，究竟是古印度人，还是中国人。但东方是地球上每一天早晨太阳最初照耀的地方；旭日初升时，金色的暖阳是那么酷肖一只倒扣着的盛满谷物的碗钵，半球形的太阳很快把它神圣光耀的另一半托举起来，照亮地平线之外的万物：森林、河流、旷野、山峦、海洋、黑夜……每一只普通的碗，都由两个标致的同心圆上下托举连接。在碗的底部，人们用手指触摸到自己的出生、呱呱落地。而在碗口和碗沿，成年后的人生向四面八方、阴阳冷暖四散蔓延开去。猜拳喝酒的国人，举着碗碰杯时，会不会听到一声类似前世今生的神秘叩问？

城东宝坊金翠重，道人修惠翦蒿蓬。
一瓶一钵三十年，琼榱碧瓦上秋空。
稻田磨衲拥黄发，更筑书阁诸天中。

——宋·黄庭坚《题虔州东禅圆照师新作御书阁》

迦那提波针投钵，深契无相心解脱。

——宋·释印肃《赞三十六祖颂》

言从石菌阁，新下穆陵关。
独向池阳去，白云留故山。
绽衣秋日里，洗钵古松间。
一施传心法，唯将戒定还。

——唐·王维《同崔兴宗送衡岳瑗公南归》

学诗须透脱，信手自孤高。
衣钵无千古，丘山只一毛。
句中池有草，子外目俱蒿。
可口端何似，霜螯略带糟。

——宋·杨万里《和李天麟二首》

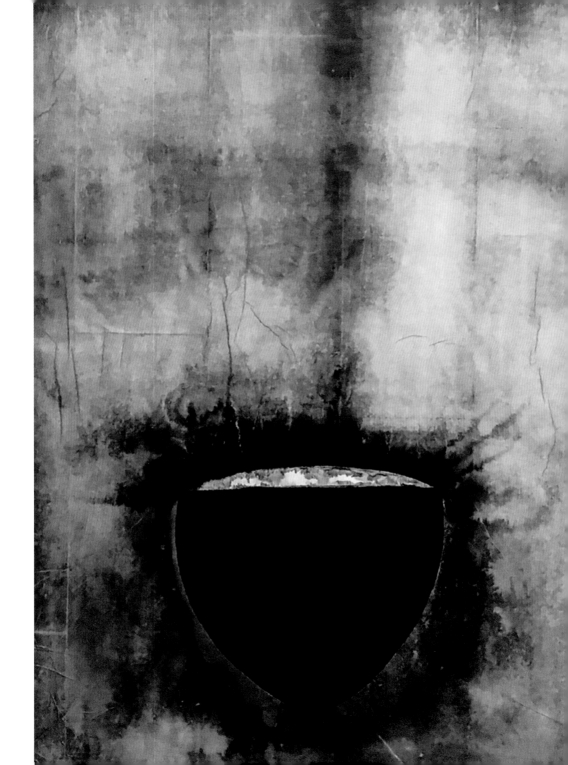

岁十二月，合聚万物而索飨之也。

——西汉·戴圣《礼记·郊特牲》

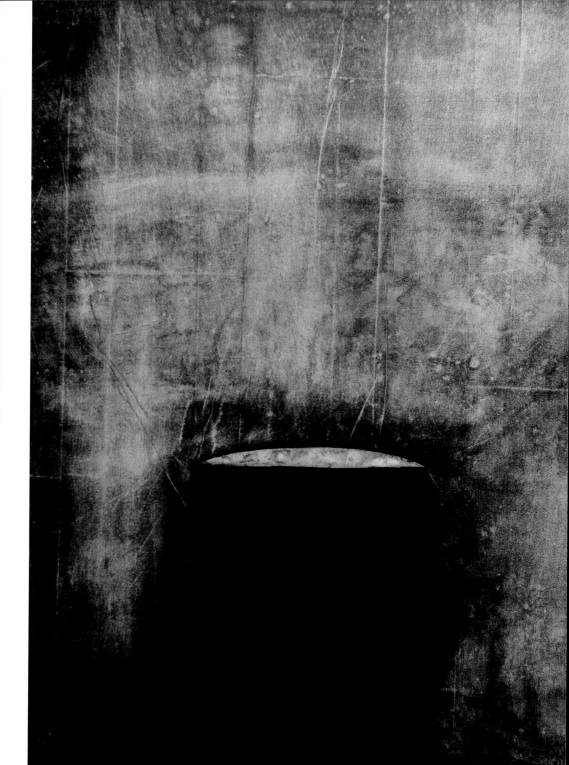

一条纸被平生足，
半碗藜羹百味全。
放下元来总无事，
鸡鸣犬吠送残年。

——宋·陆游《自咏绝句》

不惜分馀为借光，情同结客少年场。
谁知新拜六篇语，全胜遥闻十晨香。
自叹满头频献白，敢言三俎欲怀黄。
一瓶一钵烟波里，径入茗溪向水央。

——宋·王洋《杜倅再示前韵继这二首》

降龙钵里无尘染，回雁峰前有梦归。

——宋·宋温舒《赠英公上人》

吾诗无复古清越，万水千山一瓶钵。

——宋·杨万里《次东坡先生蜡梅韵》

释子身心无有分，独将衣钵去人群。

相思晚望西林寺，唯有钟声出白云。

——唐·刘长卿《舟中送李十八》

衣钵堂室中，千古发潜秘。

——宋·苏籀《邵公济求泰定山房十诗·褒勤堂》

假饶吸尽西江水，钵内生莲是岁时。

——宋·陆文圭《洛中郑悫三伏之际率宾僚避暑于使君林取大莲》

钵中无粥住无庵。

——宋·邹浩《临江仙·有个头陀修苦行》

衣则四时惟一衲，饭则千家可一钵。

——宋·白玉蟾《快活歌二首》

据考古发现和史料记载，最早的瓷碗是原始的青瓷制品，基本形状为大口深腹平底，使用于商周至春秋战国时期。以后随着时代的演进，制瓷工艺的逐步改善以及人们的日常审美和实用要求的提高，碗的形状、纹饰、质量也越来越精巧，使用分工也越来越具体多样，如饭碗、汤碗、菜碗、茶碗等。不同时期的瓷碗，其形状、釉水、纹饰是有着明显差别的。唐以前的碗，其形多为直口、平底，施釉不到底，基本无纹饰。唐代的碗，器形较多，有直口、撇口、葵口等，口沿突有唇边，多为平底、玉璧底及环条形底，施釉接近底部，精制的产品施满釉，有简单的划花装饰出现。宋代碗更加多样，其形多为斗笠式、草帽式、大口沿、小圈足，圈足直径大小差不多是口沿的三分之一。釉色多为单色，如影青、黑、酱、白等，纹饰用刻、划、印等细致入微的手法，将婴戏、动物、植物、文字形象绘在碗的内外壁或内底心上。元代碗形同宋代相比，突出表现为高大厚重，圈足多为内斜多撇，断面呈八字形，多采用印花、刻花装饰。明代碗多鸡心式、墩子式及口沿外向平折式，圈足较为窄细，大多采用划花装饰。划花装饰技法用于碗上，自唐长沙窑起始，至宋磁州窑过渡，经元青花瓷激发，到明代才真正兴盛起来。明代最多的就是胎体轻薄、白底青花的饮食用碗。清代碗无论在哪一方面均胜过前朝，形状、釉色、纹饰、阴影更为丰富多样，工艺制作更为精巧细腻，釉色图案复杂，素三彩、五彩、粉彩装饰的宫廷皇家用碗等等，更让人叹为观止。（参见《文物保护与鉴定执法实务全书》）

碗被单独陈列，底座不断旋转，在一片漆黑中，一个个光圈闪耀着妖异的光芒，而且随着光线角度的不同，光环的颜色会变幻不定，看着就让人敬畏莫名。日本人形容这样的碗，都是用"碗中宇宙"这样的说辞，说里面仿佛是深夜海边看到的辽阔星空，高深莫测。

紧跟在碗的后面，正是人生的载沉载浮、况味百态。每天，每个人的一日三餐，尽在无名无色的碗钵中。

黄昏的田间休憩之余的父亲，正用手平端起一只豁口的破碗喝水，向着世人——儿孙后代们——微笑，尽管他饱受沧桑老旧的脸上布满道道刀刻般的皱纹——以至于父亲脸膛儿周围的夕阳中的空气里似乎有着苦难掺杂有生之喜悦的光线的震动——这就是 20 世纪 80 年代初呈现在世人面前，深刻揭示 20 世纪中国人命运的画家罗中立的成名作：《父亲》极具视觉冲击力的作品图式——他的手刚刚够得上舀水喝的一只土瓷碗，汗水还在从他额角皱纹深处滴淌下来；他劳作一辈子的眼睛却是明澈、充满了永远的惊喜和希冀、因为孩童般开怀的一笑而微微眯缝着。画面之外的观者甚至能够听到作为老农民的父亲在接下来的动作中，大口喝水时发出的"滋滋"响的咂嘴声。一切通过画面中央硕大的碗体和碗沿向外传递着平静祥和，以及生活平实的智慧；仿佛画家罗中立运用画笔描勒着的，并非他本人的乡村或家族记忆，而是人世间的体谅，是大自然本身生生不息的奥秘。父亲喝水的瞬间，同时是依偎在大地母亲怀里吮吸到了香甜乳汁的婴儿的酣睡。父亲的形象，由此而幻变成了爷爷、曾祖父、孙儿。也即过去、今天、未来，他自己，他的父辈以及目睹了这一切庄严命运的作为画家的他：儿子。这是一幅类似《出埃及记》式的创作母题。在经历了难以想象的艰苦跋涉之后，这名田头休憩片刻的父亲正从年代的艰苦坎坷深处得以生还。这是一种熬过了漫漫长夜之后普通农人的平凡形象——这一次，平凡终于通过一只中国乡间的土制饭碗，找见了其主人，找到了它自己：平凡的劳作，平凡的生死，平凡中的救赎，平凡的伟岸和神圣。平凡在一碗耕作之余用于充饥和解渴的凉水之中，照出20世纪东方民族无常跌宕的命运身世。

既是民族，又是一个时代难忘记忆的这幅画，以一种超写实的敦厚笔触，成就了数代人无法抹去的美术历程。早在《尚书·太甲》中，我们华夏民族的祖先就有言："若升高必自下，若陟遐必自迩。"所谓"粗服乱头，不掩国色"（周济：《介存斋论词杂著》）。

昔日经行处，今复七十年。
故人无来往，埋在古冢间。
余今头已白，犹守片云山。
为报后来子，何不读古言。

——唐·寒山《昔日》

马赫认为："世界仅仅是由我们的感觉构成。"依照这个看法，认识世界就是不断扩展自我的过程。马赫进而指出："自我可以扩大到最后包罗了全世界的地步，自我没有准确的界限。"

　　跟一般职业画家不同，诗人杨键的身份不时地从手握画笔的画家杨键的笔端旁逸斜出。而以传统水墨和宣纸样式做了多年探索和尝试之后，他开始改换部分的工具和材料，选择和慎用了一种特殊尺幅的纸张：建筑绘图纸。水墨运笔上，也逐步独创出以"重叠和渗析"反复晕染出效果的特异笔法。《灵碗》，这一系列画作无一例外都极富杨键式的视觉冲击力，跟他洪钟大吕般的诗歌佛音萦绕相仿佛。他跟《父亲》的作者罗中立先生一样，不约而同选择了中国人日常生活中最普通平凡的物象——碗——来成就他作为画家存世的标志性形象以及目光表情。所不同的是：杨键巨幅水墨"碗"系列中的世界，人物已经不在，人物已经从另一个黄昏世界里的光线深处退隐。昔日《父亲》中握筷端碗的手、皱纹密布劳动者的憨厚脸膛儿包括夹在耳边的香烟、微笑和面部五官，已经抽象成画面深处黑乎乎的一种白色，或纯白碗体之外的漫漫长夜。这些碗全都悬浮在空中，突显于画幅中央最显眼的位置，被画笔细心地描摹过，宛如出现在宇航员眼睛上方的、以高科技星际空间站密封的舷窗口一掠而过的火星或月球局部（有些是全景）景象为主体的画面展示。这些黑白分明的碗，似乎已不属于人世，不再保有地球文明、人类社会过去或将来的烟火味，它们一个个，一只只独立于寰宇之上，自成一个个宇宙。我们注意到，画家的指向首先是空间的，是空间意义上的心灵、人文的图式。这些孤立状态中漂浮着的一只只碗钵，仿佛某种灵魂残余的不明物体。它们是冥界的光照或语汇，是对来世的引诱和照耀。碗的表面，恍似笼罩一层前世的光。碗口和碗沿，往往又氤氲出一团团隆起的疑似古代宋元山水式的地平线。从那仿佛经由火焰焚毁过的山水残稿的余烬深处：苏东坡、元好问、倪瓒、韦应物、真德秀们正纷纷起身，从远处衣袂飘飘慢慢显容，或三五成群，或作林泉游。犹如建筑学家柯林·罗发明的概念："虚拟透明性"。在杨键的水墨笔触中，能够看见的变成了看不见；而看不见的世界反倒获得了某种透明，亦即上述所谓"虚拟透明性"。这是画家的空间学发明，建筑师的诗意构想以及诗人时间感的锐利切入的杂糅综合体，是人文历史复合的母题。将近40年前，上代画家们画笔下的实景和细部已经完全消散一空，如同大都市拆迁现场的定点楼房爆破般，随着现场一声沉闷的爆破声，而轰然倒塌了……罗中立笔下苦难的父亲们仍旧可能端得到一碗解渴的清甜的河水（淋漓的汗滴们述说着慰藉）。杨键笔下的碗、灵碗、碗和钵，却依次在难以追怀的往昔灰飞烟灭之后，成为一个个悬浮在无名空间、在焚尸炉底色般的空中不生不灭、不垢不净的孤魂。此情此景，与其说它们是一只只碗，不如说是申冤的亡灵，不如说是黄昏的流浪，是无家的旧门牌号、旧村庄、旧姓名、旧思想和旧面容。这一只只碗，是老旧的眼睛，颠倒晨昏的芒鞋破钵，阴阳无序的田埂野花。貌似被雨水侵蚀过，遭墓穴深埋过，受泥土淹没过，经太阳暴晒过。碗体的颜色表明，它们一只只紧挨着，仿佛浩瀚的宇宙星空，成了围墙废墟的墙体墙根。前一分钟，才刚刚被嬉皮士式的孩童一哄而上挖掘出土，并不精致、年份不详，完全没有文物价值，但却又是一只只完整的碗。离群索居，完好、完整到让人隐隐不安，尴尬异常。这些如此平凡的碗，单个，有时整只整只地紧挨着，像是要告诉人们：它们的头顶、身后有一个无限古老的消逝了的村庄。村庄曾经有过的一切与世无争，一切韶华英露，一切灵魂场域，一切劳作生命，一切街长里短，皆已随一场年代之浩劫湮告无闻了。是的，这些杨键式的碗，一只只紧挨着，或许，只为了传递给后世一个似有似隐的讯息：浩劫之光明，动乱之皎洁，毁灭之大度，生命之离奇。

朝扣富儿门，暮随肥马尘。

残杯与冷炙，到处潜悲辛。

——唐·杜甫《奉赠韦左丞丈二十二韵》

中国人最普通日常的暖老温贫之具——碗，就这样在两代画家的笔端，被叩问出来不同层面的冷暖人生，亦可说是世故人情。一个写实，另一个超写实。一个热抽象，另一个冷抽象。一个油画，另一个水墨。一个西方，另一个东方。

所谓"润色取美"，"自然会妙"。

所谓"深文隐蔚，余味曲包。辞生互体，有似变爻。言之秀矣，万虑一交。动心惊耳，逸响笙匏"。

《文心雕龙·隐秀篇》值得我们在此引而申之，把画家笔端处心积虑的隐与秀的质性——澄清。"言有尽而意无穷"，"此时无声胜有声"。

从历史上看，自晚明到清末300多年来，从文化高度观察、细加评议东西方美术异同的第一人是著名改革家"万木草堂"的创办者康有为先生。戊戌变法失败后流亡海外，自光绪三十年（1904年）六月至光绪三十四年（1908年），他先后辗转游历意大利、瑞士、奥地利、法国、匈牙利、丹麦、瑞典、比利时、荷兰、英国等国，其中，在意大利的游历，对他后来的艺术思想产生了根本性的影响和震撼。某种程度上，他成了中外美术史上"观世界之第一人"。

在《万木草堂藏画目》序言的最后，他深切地指出："国人岂无英绝之士应运而兴。合中西而为画学新纪元者，其在今乎？"距离大师的叩问已过去了100多年，中国画坛风起云涌的数代人的精进努力，又是如何回应康南海"画学新纪元者？"的疑惑的呢？

也许，先有怀古的情思，然后才有了清苦的感受，孰因孰果，早已迷离恍惚到不甚分明。作为画家的诗人杨键，掺杂了作为诗人的画家杨键的物我两忘。一方面，我们在画作深处，在画面上方，可能听到诗人轻微的叹息；同样，在"思合而自逢，非研虑之所求"的诗人眼睛里，领略到了一种伟大苍阔的天地精神。

"凄凄不似向前声，满座重闻皆掩泣。"

另一方面，水墨巨制"碗"系列，画面上碗口、碗沿上方一小缕若隐若现、迷离暧昧的意象，或许正是人格化了的杨键式山水图景（山水只可能出现在这样的当代了），是画家痴望着（在碗沿）遥远的地平线尽头几片残山剩水之后感情的某种外露或投射。仿佛有不死而孤独的亡魂在碗边露出头，是一群前世清苦的人，攒集在一起商量着吧？"天色已是黄昏了，云意还又沉沉，落一场蒙蒙的秋雨吧。"

青山隐隐水迢迢，
秋尽江南草未凋。

——唐·杜牧《寄扬州韩绰判官》

春和秋这两个季节，中国人多久没有好好画画、好好作诗了呢？

一只光秃秃的碗，一只空碗，能够传递出迷人的春色、斑斓的秋意来吗？

——事实上，全部人类的伟大文明，都在春天到秋天的旅途上，在春和秋的恢宏而又隐秘的季节转换上。

这艘汽轮给我们带来了所有的信件和报纸，它并不是从我们身后跨过乌干达追上来的，而是"从另一个方向而来"。

"从另一个方向而来"这句话，写下来容易得很；不过，在非洲的现代历史上，这句话又具有多么深远非凡的意义啊！我此时能够行进得如此轻松、如此顺利、如此舒适的这段旅程，在 10 年或者 11 年之前，还是不可能完成的呢。……倘若没有怀着这种敬畏之情，就没有哪个旅行者能够品尝到（非洲深处）河水那种沁人心脾的甘甜了。

——1907 年，航行在白尼罗河上的丘吉尔如是说；这一年，他正值

33 岁壮年。

"凡天下之物触于吾前者有正有不正，吾心之良知其初未尝有不知者。"

——明·项乔《答李三洲都宪论格致之学》

苏格拉底在看到摆卖的奢侈品时，说道："我不需要的东西可真不少啊！"

家是我们的起点。我们的年龄越大
世界变得越陌生，生与死
的模式也变得越复杂。这不是最激烈的那一刻，
孤零零，既不与过去又不与未来相连，
而是每时每刻都在燃烧的一生时间
这也不光是一个人的一生时间
而是这一块块字迹已无法辨认的墓碑的漫长岁月。

——T. S. 艾略特《四个四重奏》

"……虎豹之文不得不炳于犬羊，鸾凤之音不得不锵于乌鹊，金玉之光不得不炫于瓦石，非有意于先之也，乃自然也。"（皇甫湜：《答李生第一书》）

当下包含着过去，也有未来。自我之中有他人，他人里也有着自己。人们所谓"重叠性的黄昏"，其本质即在于此。杨键的"灵碗"系列，亦取一天中的黄昏这一时光阶段呈现。

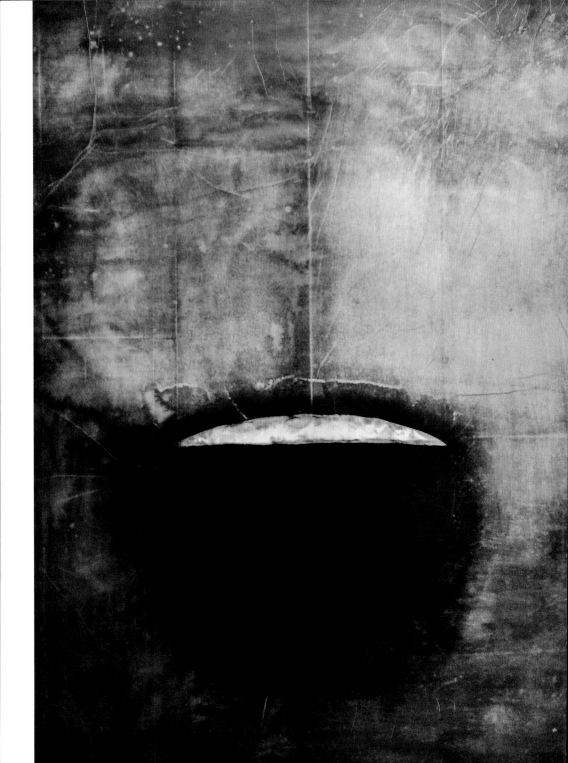

传家有衣钵，断狱尽春秋。

——宋·苏轼《用前韵再和许朝奉》

卷帘沧海近，洗钵白云飞。

——唐·章孝标《西山广福院》

中年一钵饭，万事寒木朽。

——宋·张耒《赠无咎以既
见君子云胡不喜为韵八首》

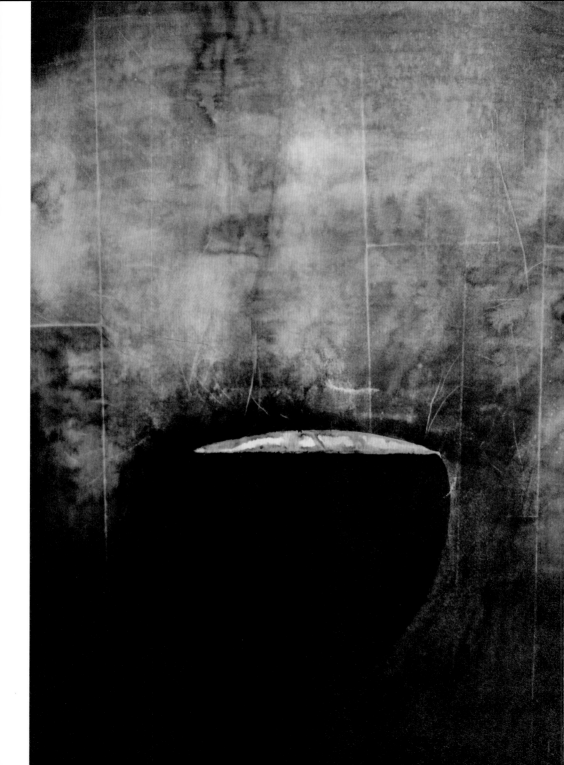

一瓶一钵自由身，聊向江南玩水云。

——宋·吴芾《赠远老》

黄昏中的碗钵。黄昏这个时间段里，相对集中地重叠了白天、中午和晚上这几个不同刻度的时辰光景，构成了艺术史上令人着迷的光影重叠效果。杨键的画里，多有这样的傍晚乃至暮晚，类似世纪末的象征主义文学的经典主题。艾略特著名的《情歌》开篇的诗句，波德莱尔的十四行，马塞尔·普鲁斯特、马拉美、塞尚等人，都毕生钟爱这一主题。也许，自但丁于14世纪写作《神曲》以来，人类即已习惯并沉迷于徜徉在这一天色渐趋幽暗的迷宫世界里了。一天中的光线在此汇总、重叠和交织，物体开始坠落向夜晚最初的幽冥深处，此时此刻的人世间，仿佛另一个清晨即将复活，又或许是早晨死去的光阴的回光返照，再次失而复得；又或者，已然如此重叠化的个体自我，正蜕变成不可辨别陌生如他者，呼吸也成了另一个世界上的呼吸。丘吉尔回忆录中提及的"另一个方向而来"的图景，既古老又现代，既新奇又无限的陌生。这个时候，艺术家所生成的独特手法和个人特异的观念激情，开始奇崛出尘，"出新意于法度之中，寄妙理于豪放之外"（苏轼：《书吴道子画后》）。神鬼不辨的时刻正在到来，窗外落日如同浸泡在茶杯之中的著名玛德莱娜糕点，将不同的光线、时空、远近、今昔、新旧依次重叠。有人说："……它将很浅的图层叠加在一起，这种不依靠透视法来表达空间进深的方法，是从日本浮世绘那里沿袭而来的。"我们说不！应是从唐宋古画，从各民族古画渊源中共同衍生而成的。

　　这种"空间进深""虚拟透明性""重叠性的黄昏"，正是杨键在"碗"系列水墨世界中所反复强调和经营，并最终擅长的。

　　入乎其内，故能写之。

——王国维《人间词话》

　　悠悠千古兮长不灭。

——唐·卢鸿一《嵩山十志十首·金碧潭》

这些水墨的空碗呈现在世人面前之前，诗人杨键有近 30 年的诗歌操持生涯，他对于中国远古文明的深刻体察，传统经典的朴素感情，向被当今诗界所赞誉称颂。这样一种对于汉文明的细腻学习和常年浸淫，尤其是体察晚明以降中国绘画内在细微的心路历程的观念体悟，不仅使得他的艺术经验富有韶华永驻之意味，同时也使他成为当代"少年中国"之秉承赤子之心的一员。相对而言，除了儒家和道家经典的浸染，杨键另外的佛教背景和江南书写，亦令人很容易联想到梅洛·庞蒂的话：空间是存在的，存在也是空间的，"即经由一种内在必然性，存在打开了一个外在世界"。这其中的新奇发现，乃至近百幅"碗"系列——问世所需的躬身发奋，既是某种程度的即兴感发，却又不完全是发自陌生的世界，而是经由平常熟稔世界中重新发现，重新看到新奇。我们很难说出这其中的创作者身份，是诗人多些，还是画家更多些。诗人浑然而无机心，画师鸥鹭亦自在吧。或许，那是一个既无来由，亦无归宿的瞬间，宛似禅宗的一段公案。世界，似乎只存在于刹那之间。如禅画家牧溪画柿，柿悬于空中，托盘、桌案和墙壁皆无；而杨键画碗，屋子、菜肴、人物俱空。一只只同心圆的碗钵，似乎从人类历史的时空——尤其是中国漫长历史的时空深处，抽离而孤悬起来，瞪视百物众生，皆是具足的、独立的、只在此刻的："不复出焉，遂与外人间隔"（《桃花源记》），"念念之中，不思前境"（《六祖法宝坛经·定慧品》）。

如萧纲的《水中楼影》：

水底眾鼂出，萍间反宇浮。
风生色不坏，浪去影恒留。

此诗人水底"累翳"、萍间"反宇"，以及"色""影"，使人想及佛教表达世间法生灭不住的譬喻如聚沫、沧、幻、炎、影等。诗人在此以幻破幻，末两句故意写出明灭无常之幻景。同样，画家杨键与诗人杨键合一，一并借助中国传统伟大的发明：笔墨，在画幅中央以其极富现代性目光的创新手法以及高度关注着的光与景飞驰意象的特别瞬间，将光锁定和聚焦在一个民族的全部性命之所系——碗、钵——上面，可能是家族遗留物的碗，可能是借酒销魂的碗，可能是乞讨一路用的碗，可能是葬礼祭祀用的碗。是山水之碗，也是亡命之碗。是饱食终日的碗，也是未来在第二天早上醒来的碗。一只饭碗。一只汤碗。一只空碗。一只失魂落魄的碗。所有这些林林总总的碗，体现了"新的观照诗学"。这样，或许碗是"不恒久的，有条件的（无自性），和空的：观影而致悟。影既是幻亦生幻"（田晓菲）。

这一刻，正如巴什拉所说："原初的表达没有过去，它们不出自任何更早的经验。……在瞬刻之间我们须只为自己而摄取它们。假若我们在突然之中攫住这些形象，我们就会觉察到我们完全只在这一表达的存在之中，除此而外另无他物。"

基弗曾说："光亮被囚禁在土地里，人们必须在世界的尽头把它解放出来。"

艺术的情绪是不具个性的。（艾略特）

难怪清末民初梁任公在《少年中国说》中痛吁："国为待死之国，一国之民为待死之民……少年人如长江之初发源……红日初升，其道大光，河出伏流，一泻汪洋！"

终于，画面深处孤零零的一只碗，向着广大众生和大千世界决然趺坐，"饮吸无穷于自我之中"。如同群山之巅，一名砍柴舂米的僧人独坐。

画家，略去了白生生碗钵之外一切间接的世俗信息，以凸显此时此地的饱满直感。真正精神的同心圆实则浑圆自在于观画者可能的心灵世界。画中的碗钵，与画外真实世界时间原则中的观画者之心理波澜之间，形成了一个可见的存在的活体氛围，向碗沿时隐时现的山水影像这个圆心汇拢而来——山水，无疑是碗钵之外又一个圆的存在的奥秘。

这一刻，画家/诗人，似乎化作隔世的五谷丰登、诗书耕读，自在具足地逍遥休憩着。或者，无论碗或钵，正是那传统中的"移动的桃花源"（石守谦）。

碗的活体。山水的活体。存在的活体。

碗，所蕴含的中国元素毋容置疑，正如人文地理学家詹姆斯所说："生活方式是决定某一特定的人类集团将选择由自然提供的那种可能性的基本因素。"（詹姆斯：《地理学思想史》）

地有胜境，得人而后发；人有心匠，得物而后开。

——唐·白居易《白蘋洲五亭记》

画作是否仅仅允许自己接受某种唯一的地位呢？抑或是不吝于使用其他的资源呢？

——让-吕克·马里翁

眼睛的诗，意识的特异性腐蚀出的诗，在这诗中燃烧着一场目光与梦幻之间的谈话，只有进入深处的目光，才是诗的目光。

——保罗·策兰

也就是说，一切都在那里了，但并没有完全被展开，而"去展开"则是读者的工作，在展开的过程中，读者成全了阅读本身。绘画展现事物、造型与现实世界之间的关系，而不是去模仿现实世界。绘画通过视觉经验，使自身处在现实世界的复杂关系中，这其实是内在世界的展开。

——贝特朗·巴迪欧

是的，我们经常是在跟我们并不熟知的事物打交道。这是一种空洞的相处，一种无趣的兴奋，一种不可知的世俗相遇，或许是最后时刻的邂逅。相应地，我的这部小书，会斗胆向读者和观者呈上一些失误、悖谬、误读甚至无言的惊愕——在杨键这样有着盛名的诗人画家面前。在长达4年之久的时间里，仿佛洞窟中面壁的修行者那样，他终日面对各种各样形态不一的黑白碗钵沉思并工作着；最终，这些画面中央漂浮成型的碗状，仿佛成了一个个神态恍惚，在人世的黑暗中替代画家打坐念经者的虔诚的替身；一只只黑白碗钵依次排列，穿越了其内含命运变化无常，难以名状的20世纪，而直接抵达古代中国，如同出现在刚刚被砸开、挖了一锄头的地下洞窟世界的上方。我的意思是说：杨键的《碗》，每一幅都分外静谧，具有一种类似敦煌壁画的绚烂效果。所不同的是，举世侧目的敦煌壁画用彩绘来呈现的般若庄严相，杨键则运用简单的水墨，运用黑白构图煞费苦心在执着地加以实践着。画面中所有的碗钵都呈现涅槃过后寂灭的体形体样。那些超大碗钵，仿佛在被埋过后，在地层几千米深的岩窟中间聆听海潮音。与其说画家在画画，不如说是诗人在护持，历朝历代的高僧在参悟；与其说语言在修炼，不如说不生不灭的道士在流浪，父亲和儿子们在耕耘跋涉。

既自以心为形役，奚惆怅而独悲？

——东晋·陶渊明《归去来分辞》

艺术家的执着和完美追求，可以建立可见物和不可见物之间的结构，作为光和影的知识永远可以向言语投射原始目光。这也是启蒙的原始意义。

——杜小真

绘画问题并不首先，也不独独属于画家或美学家。它属于可见性本身，故属于所有人。

——D. 马里翁

杨键的绘画，令人想起约翰·伯格关于小说创作的某一段著名论断："单独一个故事再也不会像是唯一的故事那样来讲述了。"小说的现状如此，美术的创作也同样复杂。《碗》和《钵》的作者将简白的日常器皿纳入传统中国画的建构，包含了作者对世界性范围的绘画语言的一种审慎处理，反映的是现代审美的绘画观念，与传统国画的元素尖锐相对，正如本雅明在《小说的危机》一文中指出："小说的诞生地乃是离群索居之人，这个孤独的人已不再会用模范的方式说出他的休戚，他没有忠告，也从不提忠告。所谓写小说，就意味着在表征人类存在时把不可测度的一面推向极端。"本雅明还引用卢卡奇的说法，认为现代小说代表的实质是一种"先验的无家可归的形式"。那么，将水墨的缥缈和黑白分明混合起来，难道只是出于一种玩弄形式的新奇吗？

"把自己交付给世界，像果实吐出它的内核。"（许志强）可以说，杨键画的每一只碗，都始于并且执着于碗主人隐约的生平形象，执着于人物、缥缈无常、向下沉降的命运本相，如同一份份跟踪地下生活的报告，仿佛只能在如此幽暗冷漠的画面国度，才得以见证我们时代人与人、人与社会、人与自然的相隔离，以及它们那些荒芜灵魂的深层的悲喜剧；而在这样一个显然是低于生活的地方，诗人、画家，作为超人的存在也未免离奇古怪，显得过分突兀、孤立，与群体意识构成一种清醒的先锋对立，但也能够表达某种罕见的类似于祭献的激情。

一个始终像在告别的人，在餐桌旁，弓起紧张的身体。这身体，消失在一只只落寞的鳏夫式的碗钵之外。这一切，是碗主人得不到的人世慰藉，是他事实上的清醒和分裂，他怀疑论者的痛苦，他的诗性的枯竭，还有他酸涩而突如其来、无家可归的荒凉和梦魇。

我们在表达一样事物的时候，很少否定其价值。我们自以为潜入了深层，可是当我们再度回到表面时，我们苍白的指尖沾上的水滴已不再是大海里的水了。我们以为发现了价值连城的宝藏，可是当我们把它们拿到自然光线下细看的时候，其实却是一堆废石和玻璃片；而此时真正的宝藏仍在黯黑中原封不动地发着幽光。

——罗伯特·穆齐尔

因为语词把自己推到了事物的前面。道听途说吞没了世界。连篇累牍、没有穷尽的时代谎言、科学的谎言，这一切谎言如同无数只死苍蝇堆积在我们贫乏的生活里。我们占有着一种可怕的方法，这种方法把思想完全窒息在概念堆里。

——霍夫曼斯塔尔

一时间，杨键成了各种中国碗的收藏者。说"收藏"并不确切，因为都是些不值钱的土碗粗钵。是贫民、工人、和尚、穷人家的小孩儿日常使用过的碗钵，而不是宫廷、贵族赏玩之物；更何况 2018 年的中国，早已与宫廷、贵族绝缘。一言以蔽之，杨键画的碗，中国人会感觉分外亲切，但又会有几分神秘敬畏。每一个站在画面前的参观者，首先第一个反应是这样的碗好像经他或她在这之前使用过，或许现在还在日常家用中。仔细再用心打量，后退或向前几步，观众又会觉得陌生、茫然、畏惧、似曾相识；这是一大堆被集体掩埋过后、重新出土的碗，之前使用过它们的主人，那些晚饭飘香、欢声笑语的家庭饮食男女，似乎，全都完全不在了，相隔阴阳了。如同中国版的《人鬼情未了》，画家只画——某种程度上的事故、事件过后——遗留下的碗。从不画新碗，没人气的碗或好看的碗。换句话说，他只画灵碗，也即被局部的灵魂附体了或附体魂魄的碗；其系列画作的显著特点是，所有这些依次排列，出土冤魂，或者说异乡打工者的、法院信物似的碗都曾被人使用过：盛饭舀菜、喝酒倒水，在手里焐热过，在桌上摆放过，在主客面前传递过，在地上摔碎过。每一只略显苍白、失魂落魄的碗体，都曾一一有过其固定或不固定的主人——由此，画家的指向跟随观者目光的探索而逐渐浮现了，明了了：人。

一只只碗，如此生动质朴，富有着人类的表情，尤其是"嗟穷叹老""离群索居""食荠肠亦苦，强歌声无欢。出门即有碍，谁谓天地宽"，在贪嗔痴中归去来的中国人表情。中国人、汉语、汉字的表情，和敬静寂。"衣服全是坟墓的味道。"（论川端康成）每只碗的碗底，分明镌刻有"赵钱孙李""仁义礼智信""礼乐诗书耕读""有朋自远方来，不亦乐乎？"——碗口、碗体，仿佛能听到赶牛的人从不远处的柳树下经过。碗钵中的柳色青青、笛声悠扬富有韵致，既分明又不十分清晰；既平实又虚无缥缈；既等同于实体又如同幻景，时远时近，恍兮惚兮，人鬼杂处，神魔共存着。大概，如果有鬼神存在于世，它们八成也会使用家常的中国碗吃饭吧？筷儿头上撷点菜，盛饭途中堆尖。

事实上，活生生的文化内核的恒定性比石和土更能耐久，这在考察中国文化方面正具有最重要的意义；因为这使我们今天还能完全深入地去理解即使最远古的中国文化有机体。

——卫礼贤《中国文化史》

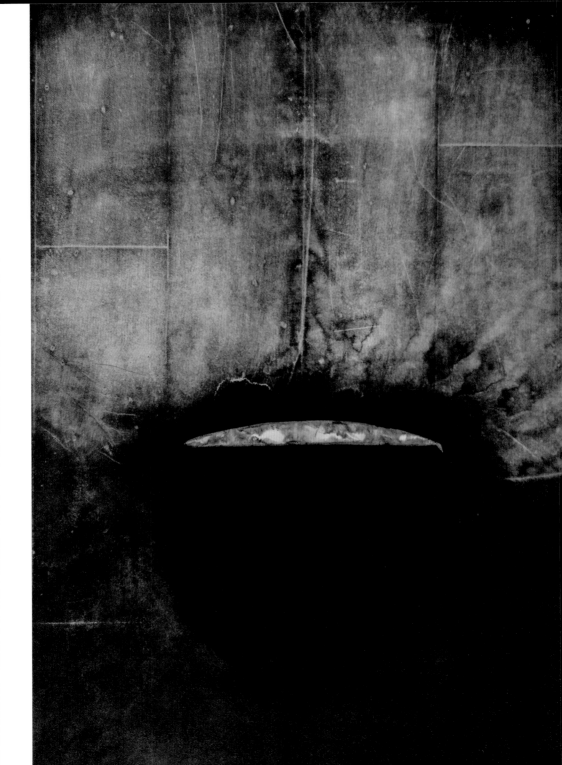

吃麦子长大的
在月亮下端着大碗
碗内的月亮
和麦子
一直没有声响

——海子《麦地》

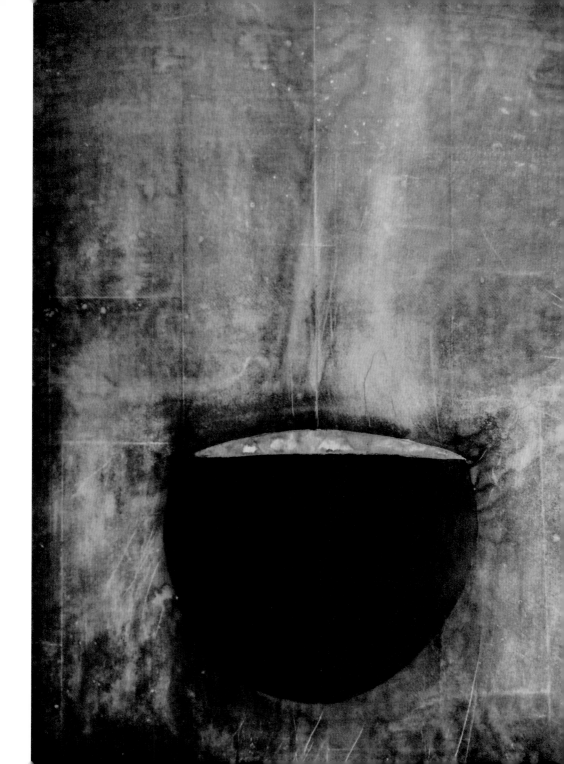

我们就见不到物体和感觉之间、内部和外部之间、物质世界和精神世界之间有以前所指的那种鸿沟了。一切（感觉的）要素只构成单一的联合体。

——马赫《感觉的分析》

江荠青青江水绿，
江边挑菜女儿哭。
爷娘新死兄趁熟，
止存我与妹看屋。

——明·王磐《野菜谱》

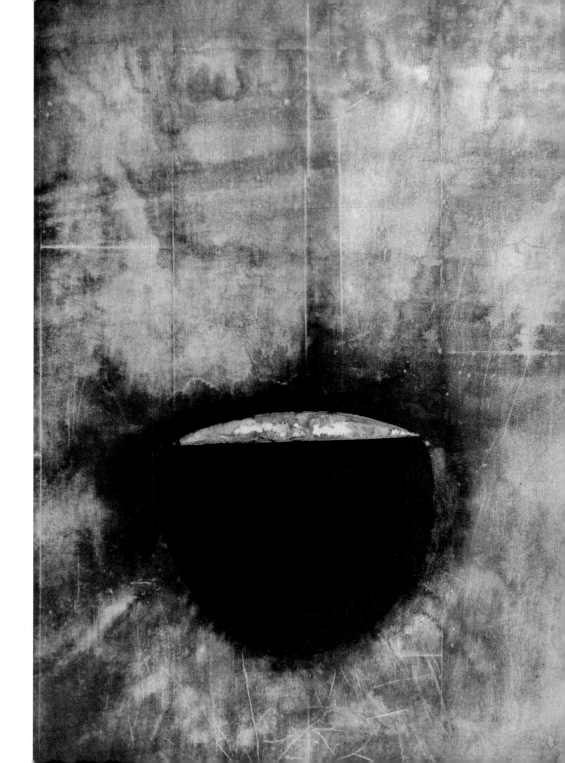

在你降临世上的那一天，
太阳接受了行星的问候；
你随即永恒地遵循着，
让你出世的法则苗壮成长，
你就是你，你无法逃脱你自己，
师贝尔和先知已经这样说过；
时间，力量都不能打碎，
那既成的、已成活的形体。

——歌德

一件容器的碎片若要重新拼在一起，就必须在极小的细节上相互吻合，尽管不必相互相像。

——本雅明《译者的任务》

细细想一想，还有哪个形象能比一只碗更能盛下我们这个农耕民族广袤的苦难呢？只有这一只日常之碗，能喂养这么多大地上的生命，只有这一只生命之碗能盛下如此多的饥饿与死亡，只有这么一只死亡之碗（碗的倒扣就是坟墓）……化为云烟的喂养，才能起死回生，接通源源不断的存在的源头活水，一个人一个民族才能得到健硕光明的新生。这一只普通的空碗，这时才上升为钵，继续离开手和桌面，上升为祭祀的鼎器，大地开花，天空敞亮，万物广生，神机闪耀，为众生服拜，而成为生命贵重庄严的礼物！

——张维

如果人类的关联不至于被撕裂，就需要中国心灵的阐释者。在困难的时刻，一个这样的代表者内心会受到煎熬，当他看到，事情的发展不像人类进步所要求的那样。但这当中正好是责任所在，他不能因为有这样的内心焦虑而去做外在的诅咒，而是要以一种积极的爱的精神去澄清一切，让事情转向好的一面。如果一个所谓的内行转投到敌方阵营，在那里诅咒他本应去热爱的一切，没有什么比这更有害的了。有一些事物，是我们必须去承担，必须在外界面前为之辩护的。只有这样，才能让国家之间相互了解。各国彼此间都必须有人担任对方的代表，以其毕生之力，在属于他们的作用范围内为那个国家辩护——那个国家不是任意选择的，而是命运指派给人们的。

——卫礼贤

正像在音乐中每位作曲家都有其特有的，统一地贯穿于他所有作品的节奏，每一位伟大人物都有一种特别的行动和体验的韵律，使之同普通大众被动的过活或多或少地区分开来。

——卫礼贤

　　念念生灭的无常造成了空虚，空虚却是生成的前提，这和20世纪西方现代哲学对"死亡""不在场""无意识""荒诞""疯癫"这类纯否定性（作为传统的逻各斯、主体、神、绝对、理性、真理等建构性概念的对立面）的聚焦实为同一思想趋势。现代西方哲学家更为清醒地意识到了有无相依的道理，也热衷于演绎这一纯形式意义上的基本悖论，道德源自罪感（弗洛伊德），文明成就基于浪费的需要（巴塔耶），理性依赖于对疯癫的排斥（福柯），生的唯一参照是死（海德格尔），等等。归结起来，就是提醒人们"虚无"作为最基本的对极（相当于阴）对于打破一元世界的僵化、维持思维运动（我思）和文明世界（我思的产物）的必要性。在海德格尔看来，万物的显现不过是自我遮蔽的表达而非存在本身，故神（存在、道）的特性就在于既在场又逃逸，它以逃逸的形式而现形，正如"易"的变就是通，逃逸的诸神守护着终有一死者。在《话语的秩序》的一段涉及话语和逻各斯的关系的话中，米歇尔·福柯本人也暗示了这一点。按福柯的思路，话语生成的两个基本条件是：1.话语相互展示和交换意义，就是说一个话语要处于同其他话语的关系链中，它们互相决定，共同游戏，而非逻各斯这样一个单一的统一参照体所决定；2.话语在实现这一使命后需要返回自身并沉默，这是其他话语空间升起的先决条件，正是话语的自行消隐为新话语腾出了空间，而逻各斯的特性恰在于不会自行消隐，它代表着永恒持存的愿望，是永恒的数学法则的代称，因此它自身就只是一个"存在者"而非"存在"本身，即诸多话语或事件的一种。福柯一向把他的话语理论理解为打进传统思想史的连续的理性链条的一个楔子，话语领域里的主导法则是"偶性、非联系和物质性"。由他评论布朗肖的《界外的思维》可看出，福柯所关心的正是固定的"思"和流动的"说"的对立。

"说"的流动性造成了空虚，但是，把"我"的存在推向远方，使"我"破碎和消灭，因而代表虚无原则的"我说"反而是话语和真理生成的真正的赞助者——因为它为言说者留下了一个待填充的空位，那具有无限魅力的塞壬的召唤正是由此空白点发出，空白点的永恒许诺消除了现世的相对视角，许诺之所以为永恒，正因为其本身为虚无。和他的前辈巴塔耶、布朗肖一样，福柯针对的靶子也是笛卡尔的"我思"，他在"我思"下面发现了一个更具有原始性的层面"我说"，如果这个和虚无（死亡）相联系的"我说"能够也意在于使主体、语言消失，那么这无非意味着，它能够也意在于使主体、语言产生，因为能生成的就一定会消失，能消失就意味着能产生。

什么是树林？树林无非是许多单个的树。没有树就没有树林。但这个树林却是一个生活之蕴，它生而复灭，但它里面有某种法则：树从土中长出，展开，长大，挺立一段时间，又倒下，腐烂并复归于尘土。另外的树又长出来。树在变迁，而树林常在。什么是常住的？那无非是作用的法则。树林就好比说是生活形式，它总是由自身重新化生孕育。

——卫礼贤

如卫礼贤所说："但是名字，这个我称作我之自我的东西，是这样一个蕴含，它根据一定事情的节奏用新去替代旧。新事情总是像生长进了旧事情的节奏中。"这样一种循环往复的效用，他认定为"世界法则"（"世界法则"在西方汉学那里通常用来翻译"道"）。

这一识每次都包含了逝去的一刻，由此而成为将来一刻的根据点。因为此处涉及一种持续的变化，故每次都少不了从一种状态到另一状态的过渡。没有这种过渡，意识的连续性大概是不可想象的。每次当这一过渡隐退时——譬如在做梦者醒来时——就产生了一个意识的空当。没有这第七识或末那识，一个统一的意识流的前提条件大概就不存在。意识将消解为一个个明亮的瞬间，因为没有相互关联，故不能再称之为意识。

——卫礼贤

　　佛教最深层的东西是什么？卫礼贤说，如果要用欧洲术语来表达，那就是生活中对立性地分隔开的东西，回复到它本来完整而未区分的状态。"生活不是分裂为单个个体，而是像在现象的彼岸那样。"这里"彼岸"当然不是超越的人格神，而是世界的整体性，是一阴一阳的律动过程本身，如卫礼贤所说："现象的彼岸并非是在现象背后有另外的什么东西，它就在现象自身的里面和后面。但它是那在现象中并不升起，是那没有对立性地区分，而是同时存在于两极中，既是光明又是阴影的东西。"

　　《诗经》言"小心翼翼，昭事上帝""上帝临女，无贰尔心""皇矣上帝，临下有赫""荡荡上帝，下民之辟""上帝是依，无灾无害"。

　　这一只只表情生动，眷恋着人世，同时又漠然受死着的碗钵，究竟要向世人述说些什么呢？是岁月的蹉跎变幻？是聚散之短暂奈何？

　　　　海风吹不断，江月照还空。
　　　　空中乱潨射，左右洗青壁。

——唐·李白《望庐山瀑布二首》

　　　　一个人的归宿是他自己的村庄，
　　　　他自己的炉火，他妻子的烧煮；

坐在夕阳下他自家的门口
看看他的孙子和邻居的孙子
　　在一起玩沙土。

他经历过千辛万苦，如今已经安逸，
他的许多回忆出现在与人的闲谈时，
（根据天气变化，有温暖也有凉爽）
他谈到外国人在外国的地方作战，
　　他们互不认识。

一个人的归宿不是他的命运，对一个人而言，
每一个国都是他的家，对另一个人而言，
则是背井离乡。一个人勇敢地与他的命运
终了在一个国家，那片土地就属于他。
　　让他的村庄铭记他。

这不是你们的土地，也不是我们的土地，这是
　　中部省的一个村庄，
五河的一个村庄，也许有相同的墓地。
让那些回家的人讲你的同一个故事：
讲带共同目标的战斗，但仍然是
有成效的战斗，如果你们或我们
都不知道它，直至死后的那一刻才知道
　　什么是战斗的成果。

　　　　　　　　　　——T.S.艾略特《致死于非洲的印第安人》

它们在向着画面之外的观者，讨要着失去了的人生。它们一只只，一

个个曾经是故乡的食物，童年的回忆，村居的珍肴，岁朝的清供。它们是隆冬风厉，百卉凋残，晴窗坐对，眼目清明，是曾经的青梅竹马两小无猜，是结了那么多果子的院落天井竹篱下的人家屋檐，是山坡上一大片的天竹，细弱伶仃。是削去尾，挖去肉，空壳内种蒜，铁丝为箍，以线绳悬挂朝阳的窗下，蒜叶碧绿，萝卜皮通红，萝卜缨叶子翻卷上来，是一个少妇的背景，背篓里背着一个娃娃，是一间茅屋，一个老者捧一只瓦罐，内插梅花上枝，正要供放条案上，可题曰："山家除夕无他事，插了梅花就过年。"万物周遭睡眼惺忪又清明无比。时间静止，悬停在空中，轻盈而美妙。而少女着白上衣，银灰色长裤，身型妖娆苗条，穿浅黄色拖鞋，露出小巧的脚跟。不很白，墙壁多半没有粉刷过。随便哪里都能躺一夜。一碟在开水里焯过的墨斗鱼脚。日本电影评论家樋口尚文在谈论著名导演是枝裕和时这样指出："没有比普通更高贵的高贵了。"

五代杨凝式的行楷《韭花贴》：

昼寝乍兴，輖饥正甚，忽蒙简翰，猥赐盘飧。
当一叶报秋之初，乃韭花逞味之始，助其肥羜，实谓珍馐。
充腹之余，铭肌载切。
谨修状陈谢，伏惟鉴察，谨状。
七月十一日凝式状。

落木淮南雁影高，孤城残日乱蓬蒿。
天边故旧愁闻笛，市上儿童笑带刀。
世事真成反《招隐》，吾徒何处续《离骚》。
昔人一饭犹思报，廿载恩深感二毛。

——明末清初·吴伟业《过淮阴有感》

经由碗得以呈现的人生，乃古典完好的中国，乃东方远古文明神圣的辉煌。人们觉得不经意的家常食碗，盛放着人生百味珍馐，绽露出岁月的甜酸苦咸。中国人自况"开门七件事，柴米油盐酱醋茶"。碗是中国的肉眼可见的智慧格言，碗同时也是全世界范围饮食男女的日常起居。某种程度上，全球化的今天，早在埃及古代文明的曙光在人类文明的地平线上喷薄而出的千年往昔，就已经开始了。通过东西方文明的古老仪轨，包括后来的丝绸之路，时间早已告诉我们：瓷碗、茶叶、火药、印刷术和指南针，乃国人最早迈向地球的今天的步伐。敦煌壁画各个洞窟的泥墙上，都分别彩绘有各种形制的碗和钵，作为向佛国净土的世界里清净流转的心愿供养，像人一样世代传承，完成他们生龙活虎的转世轮回，一轮轮如同心圆，一世世的莲花座，一回回的经轮转，一瓣瓣之庄严相。失去了碗的中国，是否还是有长江黄河的中国？作为盛放食物的碗和钵，大概各国的宇航员也都把它们（金属和塑料的）带入太空舱了吧。在平视的角度，碗或钵，始终呈现出一种圆融饱满的半球状；画这些画的时候，杨键时常在私底下嘀咕、纳闷，我什么时候能够把握并且绘制出碗的全景来呢？似乎，作为一种静物效果的碗钵，从一开始就丧失了其难以名状的另一半。它的缥缈无形的别一半，仿佛一只碗的前世或来生，永不出现，但却若隐若现着。碗是数字中的"一"，人是"三"，人的一生恍若这些奇数背后的"五"。为什么是"五"这个数字呢？或许，一个直立的文明人用双手捧碗，人的左右手相叠加，数字中神秘的"三"字——人和碗之间的三位一体，由此而存立；而单个的碗，是无知无觉生命的呱呱落地。"诗人转动着眼睛／眼睛里带着精妙的疯狂。"系列水墨《碗》和《钵》，正好印证了莎士比亚在《仲夏夜之梦》中的这行台词。而画家杨键深信此生命的哲理。因而，其笔墨之下的碗或钵，充满佛的庄严相，同时对于逝去人间的烟火百味，亦有着绘声绘色的精心描摹。刮垢磨光，孜孜矻矻，戛戛乎其难哉。这碗，是一只只渡尽劫波的碗，一只只普度众生的碗，一只只泥牛入海的碗，一只只脱离了苦海的众生之碗。这碗，在涅槃的同时，已然重生。是一曲曲生命的赞歌，是无声的祷告祝福，是朝向文明东方永生的手势。

风雨不动安如山。

——唐·杜甫《茅屋为秋风所破歌》

独余醉乡地，中有羲皇淳。

——金·元好问《饮酒之二》

《红楼梦》有言："咱们清水下杂面，你吃我看……"

这些碗，是外面正下着雨的碗，是雨夹雪之碗。

事实上，碗的意象背后，还包含有中国传统的孝道和淳古悠久的孝文化。中国人待客、待人接物时的抱拳作揖，给人的感觉也像是刚刚才把一只碗放下。碗本身的和蔼浑圆、安身立命无处不在。中国人平常走在大街上，都有一种刚刚离开他（她）端起的饭碗的感觉。这是自北向南蔓延的耕作文明在辽阔的华夏大地上积淀千年的结果。汉文化的精髓，很多都在饭桌上沉积，围绕着各种乡俗礼仪、社交事务、世故人情而展开。一个"舌尖上的中国"，如何离得开盛放食物用的古琴琴徽式的碗或钵呢？眼前出现一只碗时，任何国家的人打量它的目光，都不如一名在场的中国人自在巴适，从庄严的祭祀、祖先牌位的条案一直到山林里的乱坟冈，这个国家的民众时时刻刻都在使用碗。从南到北，出土的考古现场，人们挖掘出来最多的也是碗，各个朝代或纪元的盛放食品的器皿是碗和钵，盛水用的是陶器、瓦罐。儒家的"忠孝礼义"四个字，都离不开碗和钵的存在和使用。碗是亲泽，是执手相老。碗是对生活的礼敬，是发自内心的最热切的赞美。

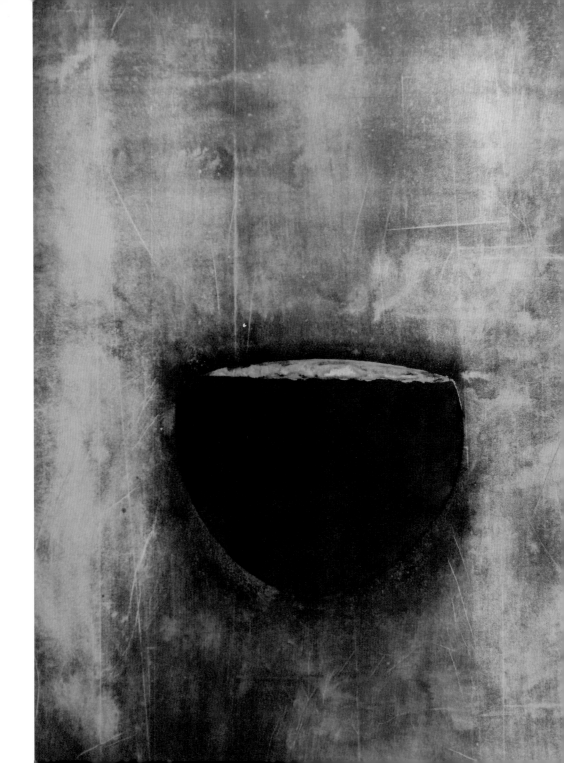

万事万物的逃离大潮中，我独自经久地存在。就这样，我的心中坚定而残酷地冒出关于自己消失的念头。有一天我也会怎样离开我自己。

——路易斯·塞尔努达《奥克诺斯》

布棚摊子满前门，旧物官窑无一存。

王府近来新发出，剔红香盒豆青盆。

——明末清初·吴伟业《读史偶述·其二十一》

闲时田亩中，搔背牧鸡鹅。
别离解相访，应在武陵多。

——唐·李白《书情赠蔡舍人雄》

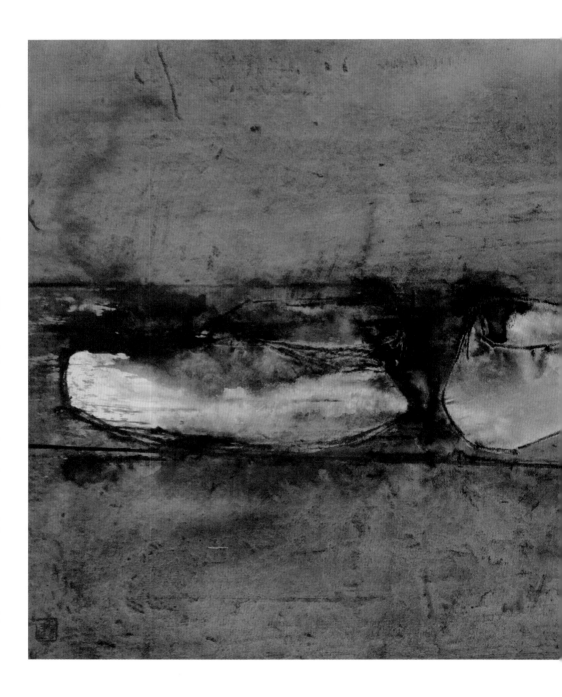

君有疾，饮药，臣先尝之。亲有疾，饮药，子先尝之。医不三世，不服其药。

天子祭天地，祭四方，祭山川，祭五祀，岁遍。诸侯方祀，祭山川，祭五祀，岁遍。大夫祭五祀，岁遍。士祭其先。

养器为后。

君子虽贫，不粥祭器。

当食不叹。

——西汉·戴圣《礼记》

"饮""尝""服""祭""遍""先""养""食"……古代典章中的这些单个的汉字，无不伴随有碗和钵的表情动作乃至神态形器。古人恭恭敬敬端起一碗药汤，一钵热腾腾的米粥，前往床榻前侍奉其生病的母亲或管理国家的君主。这双手捧碗的动作，伴随着汉代以降一个感人的成语，"举案齐眉"，召唤并教化了多少代中华儿女的日常起居，人与人之间的亲和温馨，如同杨键笔下水墨晕染的碗钵，水和墨在特定的纸上肌肤相亲，一遍又一遍地念诵着《度亡经》。

一只碗同时保有中国人的天地君亲师，中国人的上下、尊卑、高低、枯荣，象征着每一名国人来到世上的某种灵与肉身，身体上的体认。活着时，是一只吃饭常用的碗，死后是一块牌位，一个墓碑，一个空园子或一个空无的姓氏，甚至连名也不会留下。更有可能，是一份功名，一处匾额或一个象征着富贵尊荣的石头牌坊。但更为显要的是一次轮回。碗就是作为日常器皿、实体的中国人的智慧，是在每一处只要有国人出现的大街小巷即随处可见的东方式"芝诺之箭"。它们在无尽的光阴里向前飞射，闪烁明灭，重叠，并列，东方和西方，齐头并行。一个飞翔，另一个停顿。注定是道家的哲学和思想载体。道在可道的同时不可道。碗在盛满的刹那颗粒皆无。大概，这就是中国人最古老的辩证法。"生不带来，死不带去"，每一个中国人都时常念叨这句格言。这八个汉字的格言中，只有第三字和第七字重复了两次"带"。汉字"带"的动词后面，包含有日常隐约可见的碗或钵。

　　我们说过，某些特殊的瞬间能够通过长久地观察自然的方式获得。1784年，歌德在一篇名为《论花岗岩》的随笔中就提到了这样类似的瞬间。为了理解这样的瞬间，我有必要先说明一下，对歌德来说，或许，花岗岩代表着整个矿物世界的起源；与花岗岩的接触就是与原生土地的接触：

　　我坐在一片裸露的山峰上，举目环顾周围的大片土地，我对自己说："你马上就可以站在一片直达地球深处的土地上。你与原始世界之间没有任何阻隔。"此时，地球的引力和转动的力量也作用在我身上，天空的影响力也紧紧围绕在我周围，我的思绪不由转向关于自然的更高的思考。在这里，站在最古老的土地上，我在永恒的祭坛上向存在者的神灵献上祭品，祭坛就矗立在造物世界的最深刻之物上，中间没有任何媒介相隔：我触摸着我们的存在中最初也是最坚固的东西，我俯视着世界，注视着或陡峭或平缓的山谷，注视着这些丰饶的草原。我的灵魂超越了自身，超越了一切，灵魂中充满对天空的无限怀念，而它离我更近了。

　　这是与整个宇宙的未来包括整个宇宙的起源进行互动的短暂瞬间。在歌德看到岩石形状的那一刹那，他同时也看到了孕育它们的自然或地球纪元的漫长过程。

　　在著名的《歌德谈话录》中，有这样一段歌德对埃克曼所说的话：

一定要坚守当下。所有的情况，所有的瞬间都有无限的价值，因为它就是全部永恒的代表。

歌德经常隐晦地提及瞬间与永恒之间的关系，比如他在写给奥古斯特·冯·伯恩斯托夫的一封信中说："如果永恒存在于我们的每一个瞬间，我们就无须苦于时间的易逝。"另外，在这首名为《遗言》的韵体诗中，他还写着："在生命自得其乐之处，愿理性到处出现。"生命自得其乐之处就是当下时刻。于是，诗人继续写道："过去也就找到其日常性，未来找到其预先之存在，刹那即永恒。"在《西东合集》中，苏莱卡说：

镜子对我说：我很美丽！
你们说衰老也是我的命运，
在上帝面前，一切都应永远存在，
请在内心爱它，在这目光的一瞬。

塞涅卡以同样的方式，对这种修炼进行如下描绘：应该区分两样东西，即对未来的恐惧和昔日困难的回忆，一个已经与我无关，一个尚未与我有关——智者享受当下，不依赖未来。摆脱了折磨灵魂的沉重忧思之后，他一无所求，一无所欲，而且他不再奔向未定之物，因为他满足于现有的东西，"也就是当下，唯一属于我们的东西"。切勿以为他真的满足于少许，因为（当下）他现有的其实已是万物。

柏拉图在《泰阿泰德》中描绘了哲学家的肖像：

……停留在城里的只有他的身体。他的思想将此间的一切事物都当成卑啬和虚无的，他的思想在飞翔中四处漫步；如品达所说，"居大地之下"则观测它的面积，"居天空之上"则观察星相，并且到处深入探索每一个存在者的天性，不会再堕落到与他相近的任何之物之列。

而且在《理想国》中，柏拉图又对哲学家这个主题进行了阐述：

这样的一个灵魂不应该有任何鄙俗之处，思想的渺小与不断试图去拥抱神明和人类整体及普世性的灵魂并不匹配……思想的升华与整个时间和存在的观照都属于灵魂，你认为它会重视人的生命吗？……因此这样的人不会视死亡为可畏之物。

大约公元元年，亚历山大里亚的斐洛，就提到了他的哲学体验：

我感觉仿佛被一直托在空中，被一道占据我灵魂的神灵的感应带走，在日月的陪伴下前行，同行的还有天空和整个宇宙。此时，如果我从高处，从这片太空中俯身，如果我像从瞭望塔向下看一样将思想的目光展开，我就能看见大地上的事物提供给我的无数景致，并且庆幸自己终于极力摆脱了终有一死的生活所附带的灾难。

画的不是静止的形状，而是正在成形或回归其无分别背景中的世界。它让我们回溯可见的源头以面对那不可见的，而不是构筑另外一个层次或世界。它所画的正是那浮现（消没）在有形与无形之间，远方形态不明确的山石或消失在模糊地平线的河岸。

——弗朗索瓦·于连《本质或裸体》

人的言辞无法到达
一场秋雨下幸存
但已无法澄清的命运，
如同许多年前的恫吓依然存在。

他们睁着土灰色的动物眼睛
走在道路的一侧，
心里墓穴垒着墓穴，
面孔则是一片孱弱的荒草。

无论阴天或晴天，
他们都像在泥泞中。
他们以亡魂的姿态同亲人相处，
已经几十年了。

人的言辞无法到达
这样苍凉的雨声，
也无法到达
雨水中他们暗哑的面容。

——杨键《幸存者》

西方现代隐士莫顿曾有过类似的体验："我仔细谛听雨声，因为它会一再提醒我：整个世界都是根据一种我迄今还没有学会的韵律在运行的。"

在中国传统文化里，人所能创造的最伟大作品即是人格。这一人格之中，融入了中国禅的般若智慧——"平常心"。以此"平常心"，所谓"隐"当浑然于"仕"；而所谓"仕"，亦不应热衷于逢迎奔走，而应淡泊于功名利禄，所谓"荣达颇知疏，恬然自成度"。乔亿在评价唐代诗人韦应物时这样说道："韦诗五百七十余篇，多安分语，无一诗干进。……杜、韩不无干谒诗文，太白亦多绮语，试执此以论韦，卓乎其不可及已。"

诗人韦应物的"散淡"，是中国文化中平淡的某种极致，一种典型的难以企及的境界。

在一个旧时代行将结束的时期，往往也正是思想火花最为灿烂活跃的时期，正如黑格尔的《法哲学》序言里所作的精神比喻："密涅瓦的猫头鹰只在黄昏起飞。"（Die Eule der Minerva beginnt erst mit der einbrechenden Dämmerung ihren Flug.）

而伟大的智慧必然只有奉献出我们全部的才智和激情才有可能接近。德国浪漫主义的文艺旗手弗里德里希·施勒格尔著有《论不理解》（Uber die Unverstandlichkeit）一文，殊堪玩味，其中这样一句诘问尤其值得我们深思："如果这个世界有朝一日像你们要求的那样，而且是在严肃的意义上变得非常容易理解，你们会害怕的。而且无限的世界本身，难道不正是由理解力从不理解或曰混沌中创造出来的吗？"

然则，专贵士气为写画正宗，岂不谬哉？今特矫正之：以形神为主而不取写意，以着色界画为正，而以墨笔精简者为别派；士气固可贵，而以院体为画正法。庶救五百年来偏谬之画论，而中国之画乃可医而有进取也。

——康有为

这部奇特、细腻而深合时代的作品（指《没有个性的人》）其意义远远超出了奥地利国界，正如赫胥黎的小说超出了英国一样，在其精神层面上，不仅仅精微细致地体现了奥地利，而且大大超出了奥地利本身，这部作品的创作是越过奥地利，通向欧洲的一个伟大尝试。

——赫尔曼·黑塞

绘画的真正动机是什么？如果必须"抹去与绘画无关的任何价值"，绘画的价值空间是什么？绘画的价值，在于重构"对画家之所见，对在场的敬畏，对存在的纯粹状态的魅力保持单纯沉默"。重要的是达到诸物的沉默而又执着的在场，只有在约定、观念和人造的面纱被揭开的时候，在场才可能出现。

如1905年渡海留学日本的李叔同（1880—1942），忽忽逾月，辄有异想，遂拾日本画家柿山、松田之言，间以己意，成《图画修得法》一文，说"图画之范围綦广，非娱乐的一端所能括也。夫图画之效力，与语言文字同，其性质亦复相似。脱以图画属娱乐的，又何解于语言文字？"

"在一幅画中，词语是和图像一样的实体。在一幅画中，人们用异样的眼光看待其中的图像和词语。"

灵魂是大地上陌生的某物。啊，当画眉鸟在葱茏的树枝上召唤陌生者走下去，沿着蓝色河岸——

遥知姑与妇，今夕睡尤难。
粥碗和冰薄，絮衾经雪单。
相看惟涕泪，不惜忍饥寒。
应更怜逋客，一枝何处安。

——清·金和《除夕又作》

这是旧时读书人在困顿苦寒中的日子。临睡前对着自己床前的居室心有戚戚的一瞥。他所见的世界，只是"粥碗、冰薄、絮衾、饥寒"。

家妇羞盘簋，并陈酒一瓯。
弄孙颁蟹壳，喂犬掷鱼头。
溅齿腐花嫩，滑匙莼菜柔。
饱餐香稻饭，此外复何求。

——清·刘之屏《吃饭——杜少陵有
"但使残年饱吃饭"句，取以为题》

这一次是在白天，甚至很有可能是在炎日当头的午饭时间。刘之屏（1856—1923）几乎跟金和（1818—1885）是同时代人，但二人依托一首诗重返人间的真实时间却完全不同，一个是难以安寝的午夜，一个在大口吃饭的中午。读者若用心细读，在诗句所提供的丰富画面细节和精神信息中，甚至有可能辨认出两位诗人所身处的不同的地域特征来，例如：刘之屏是温州乐清人，其诗中有海鱼、僻居滩涂农村的气息，而金和则是江苏南京人。

一个兴味索然，一个兴致勃勃。

但无论二人多么不同，写诗时，他们都在中国的饭桌上，都在碗筷碟钵杂陈的空歇抓起毛笔诗笺，扭头写下仿佛置身于命运诡异的两端的不同感受：饱食和饥馑，自在与落拓，懊热与寒天，知足和困顿。

一只普通的碗进入灵碗的过程，是诗的过程，是灵魂进入家常，救赎抵达日用的过程。

任何东西都永远不可能被彻底清除，不可能从这黑暗的世界上彻底消失，而现在，我就重新看见了它们，一大堆相互重叠着的名字；我看着它们，就像在听死者说话、唱歌、呼喊着乞求怜悯。

——斯蒂芬·金《绿里》

如一所屋，只是一个道理，有厅有堂；如草木，只是一个道理，有桃有李；如这众人，只是一个道理，有张三有李四，李四不可为张三，张三不可为李四。

唯其根本乎道，所以发之于文皆道也。三代圣贤文章皆从此心写出，文便是道。今东坡之言曰，"吾所谓文，必与道俱"，则是文自文而道自道；待作文时，旋去讨个道来，入放里面。

——宋·黎靖德《朱子语类》

余恨死无以藉手见公，而独记别时语，每一动念，即于梦中寻之。或山水池榭，云岚草木与所别处，及其时，适相类，则徘徊顾盼，悲不敢泣。又后三年，过姑苏，姑苏，公初开府旧治也，望夫差之台而始哭公焉。又后四年而哭之于越台，又后五年及今而哭于子陵之台。……须臾雨止，登西台设主于荒亭隅，再拜跪伏祝毕，号而恸者三，复再拜起。又念余弱冠时，往来必谒拜祠下。其始至也，待先君焉。今余且老，江山人物睠焉若失，复东望，泣拜不已。有云从西南来，滃泛浡郁，气薄林木，若相助以悲者。乃以竹如意击石，作楚歌招之曰："魂朝往兮，何极？暮归来兮，关塞黑。化为朱鸟兮，有咮焉食！"歌阕，竹石俱碎。于是，相向感唶。

——宋·谢翱《登西台恸哭记》

道的本身也是迷惑，因此法称（南印度睹梨摩罗耶国人，婆罗门出身，是公元六七世纪的大乘佛教瑜伽行派论师，也是著名的因明学者）曾说："最后连道都必须舍弃，因为道也是假。"有人可能会怀疑，迷惑怎么能除去它自己呢？

有位禅宗大师曾这样解释过："如果你被刺刺到手心，那么就要拿工具，例如用另一根刺，把它挑出来，等陷在肉中的刺拿出来之后，两根刺都不需要了。"

在《广艺舟双楫》中，康有为继续谆谆教导国人："盖天下世变既成，人心趋变，以变为主，则变者必胜，不变者必败，而书亦其一端也。""中笔必折，外墨必连。转必提顿，以方为圆。落必含蓄，以圆为方。故为锐笔而实留，故为涨墨而实洁，乃大悟笔法。"（1917 年）

——由是，这些摆放着的碗，在暗处，在半明半暗中受着回忆灼热炙烤之下的碗和钵，如同一个神秘的告别手势，无声地向未来后世的人们挥别致意。

钵

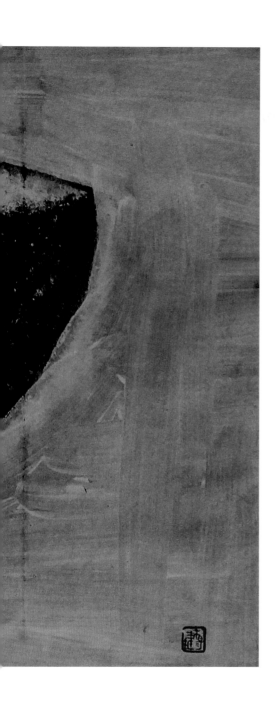

沉思遗忘之物，那是多么沉静。

——格奥尔格·特拉克尔

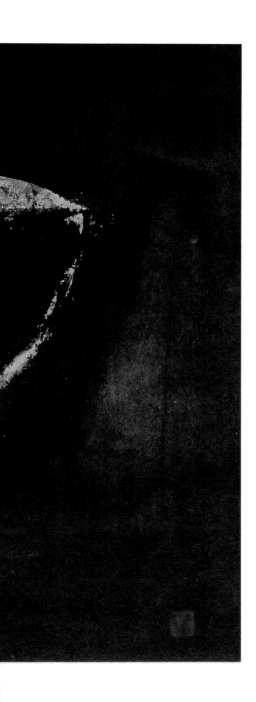

一阳初夏中大吕，谷粟为粥和豆煮。
应时献佛矢心虔，默祝金光济众普。
盈几馨香细细浮，堆盘果蔬纷纷聚。
共尝佳品达沙门，沙门色相传莲炬。
童稚饱腹庆州平，还向街头击腊鼓。

——清·道光帝《腊八粥》

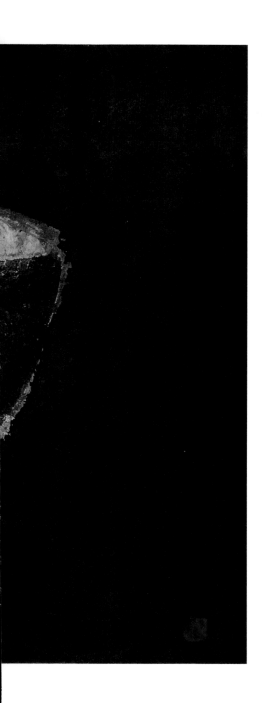

奶奶双手捧着白瓷碗

一双筷子横在上面

她双眼瞅着碗里的食物

迟迟不动口

此刻，有大火气的奶奶变得慈眉善目

仿佛碗里有座小庙

有个天

她从容、安定，仿佛只有这样

才对得住碗里的东西

其实碗里有什么我并不知道

我只是饿

在那个年代

奶奶吃饭

更像是一种祷告

——赵雪松《吃饭》

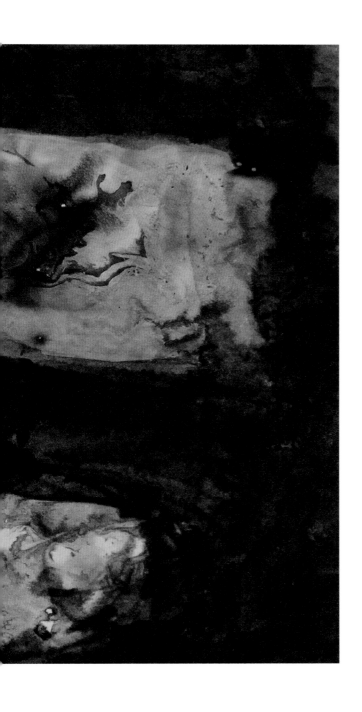

钵

我们再来看看当日常普通的碗演化为遁入空门的僧人手中的钵之后的情景。

德国著名画家基弗一生创作出了堪称当代最惊人的末世想象及文明被毁灭后的灾难性画面，其生平思想与艺术作品中所流露出的强烈历史危机感，与海德格尔对人类中心论的质疑有着本质上的共通性。众所周知，人类中心主义在 20 世纪愈演愈烈，而马丁·海德格尔则超前预见了人类无节制地"利用和剥削地球和自然"造成的存在危机，并发出振聋发聩的警世名言："人不是存在的主宰，人是存在的看护者。"为了化解人与存在之间的冰冻，或许，也为了某种 20 世纪历史特有的东西方之间可能的冰释前嫌，海德格尔从中国的老子学说中借鉴了许多，其中就有有无相生的哲学思想。在其后期文论《事物》中借"壶"（Krüg）为概念移植了老子"埏埴以为器"之喻，从而阐发出了一个与西方形而上学理性主义哲学格格不入的"无之以为用"的道家理念，在西方哲理天空中独辟出"空故纳万境"的东方境界。而对于与"虚无"（das nichts）相匹配的"有"，海德格尔则发挥其诗与思的妙想，营造了一个气势恢宏的壶中天地——壶中所容纳的水与酒，大抵来自天上的雨水和露水，又曾流经岩石和大地，而水酒又时常供人饮用和祭祀神灵，海德格尔由此将其沟通天、地、人和神的"四方"说——himmel（天）、erde（土地）、sterbliche（人、会死者）、goettliche（神）与"有无相生"的概念巧妙地相联系，并由此逾越了人类中心主义之藩篱，超前进入生态中心主义的当代新哲学观。顺便一提的是，海德格尔的"四方"说也是汲取了老子的"域有四大"之说——"道大，天大，地大，人亦大"，并创造性地与其壶论共同构成为一个整体的宇宙模式。西方人的存在困境正缘于"有"——"占有"的极度膨胀。针对深受形而上学奴役之苦的西方哲学传统，"无"不啻是一贴醒世的解药。

达·芬奇说，画家应独处。细想所见的一切事物，反复推敲，以便选取其中最优良的部分。

一首道光帝的《腊八粥》，可看出在古代中国皇帝的内心深处，亦时时可闻以市井升平为人间福祉的佛号声声。

这也是奥尔巴赫在《摹仿论》中所说的意思："事件的含义不可能在抽象和普遍形式的认识中得到掌握，理解它所需要的材料绝不会唯独在上层社会和重大政治事件中找到，而是也在艺术、经济、物质和精神文化中，在枯燥乏味的世界及其男男女女的最深处，因为只有在那里，才能掌握独特的东西，由内在的力量激活的东西，以及既在更为具体也在更为深刻的意义上都普遍有效的东西。"

眼睛不仅仅是眼睛。看，要胜过"看"本身很多。看也是感知，看，就已经是在思想。从这个意义上讲，艺术让人思考。也是从这个意义上讲，美学不仅仅思考艺术，也是感受艺术，它处于任何哲学的中心。

——梅洛·庞蒂

最伟大的思想家最终要求艺术的，是一种知识，真正的知识，形而上学，可能超出现象外部表象而向我们提供内在本质的知识。绘画如何实现和能够实现这最终的揭示？并不是让我们去看，向我们表象诸物的最终的本质，而毋宁说是在艺术的创造活动中让我们与之同一。……绘画的目的，就是让我们看到人们没有看到的或不能够被看见的东西。

——亨利·米肖论康定斯基

"转愿不受此良教育为愈。盖既受教育，则予心中之理想既高，而道德之范围亦广，遂觉此身负荷极重……" 1872 年 8 月 11 日，晚清第一批留美幼童在上海登船出发，其组织者之一容闳，1854 年毕业于美国耶鲁大学，他在日后的文章里这样写道。

法国 20 世纪哲学思想家米歇尔·福柯著名的"知识型""目光考古学"理论，其实就是要奠基、重新思考这种断裂的人生思想。"海德格尔的大问题是要知道什么是真理的基质；维特根斯坦的大问题是要知道相关真实事情说的是什么；而我，我的问题是：真实的真理如此稀少究竟是为什么。"在福柯的关于"看"和"陈述"的诸多理论中，我们都能看到断裂思想的影子：已成画作的画面与观者如何"看画"的陈述之间、画家之"看"与观者之"看"之间，画家之位置与观者之位置之间……都存在着断裂或者说根本的改变。福柯认为，时间本身、语言断续、过去的传统都绝对地取决于"断裂"。他说："在理性连续不断的编年史的位置上——人们总是一成不变地追溯其难以进入的根源，从最初的开始——有时转瞬即逝、互相不同的层次出现了，这些层次反对唯一不变的法则，而承载着一种各自固有的历史类型，而且还不可还原为现代、进化和回忆的意识的普遍模式。"因此，作为哲学家的他关注的是一种如何看世界——无论是具体的还是抽象的——的观点问题："……我看到一片新天地——最初的天地消失了，消失在海上……哭泣、呐喊、痛苦，一切都不复存在，因为，旧世界已经走了。"（《1969 年福柯访谈录》）

先生，我们拥有的一切

只是一只空碗和一把勺子

给你去

大口大口啜食虚无，

让那种声音听起来就像

你在喝一种浓稠、暗黑的汤，

腾腾的热气

从那空碗中冒出来。

——查尔斯·西米克《今日菜单》

让我们把目光转回到画家笔下的构图简洁的碗和钵：

在这里，画面上杨键的碗和钵一再呈现出的白和黑两种极简色调，配以更加简单朴素的浅黑景深，仿佛画家笔下的碗和钵被小心翼翼供奉在了某处古老的神龛，或者说，画面上的半圆碗体、钵面，被画家直接钉在了历史或记忆的墙上，白色的钵，黑色的碗。因而，这里的历史，与其说是人文的，不如说是一条条流淌着的岁月的长河，召唤着逝去了的中国的岁月，一份生命流逝的沧桑。极简的构图，使人联想起美国著名画家罗斯科的晚期风格，抽象、教喻、对生命赤裸裸的体认，平静和绝望，狂热和严整相交集。笔触和线条呈惊心动魄的颗粒状，并不均匀的涂抹，显得表面随意实则精心。颜面、层次细腻多变。碗沿上一层高低不一的白色反射出海市蜃楼般粮食的精华，似乎瞬间概括出来远古人类对于日常温饱代代传承的久久的凝视。这里，画家是在用离群索居的目光作画，运用了全身心的敏锐器官，如同诗人瓦莱里在评价德加的名画《向前躬身的舞女》（1875年）时所赞叹不已的："画家不停地前进、后退、躬身、眨眼，他的全部身体都作为眼睛的附属部分在做着各种动作，他的整个人成了一个用来瞄准、定位、调节和校对的器官。"

　　他的全部身体进入一只孤零零端放着的碗钵，如同婴儿在褓褓中紧紧偎依着母亲的乳房。丰美的乳汁四溢着人世最初的芬芳。这一时刻，人世是一只放大了的洁白碗体，构成画面的碗或钵，既是此身供养着的无限的实体，同时又是魂魄化归而去的显豁空无，是一个"○"或开始，是生灭乘化、若隐若现的自在他方，是一种孤绝的旅程，孤身前往久已湮没了的古老乡土，人们能够显著地第一时间感觉到，作为烧土成瓷的碗钵的材质，是完完全全的故乡的泥土，画家在此触及他的人生本真，他心灵的源泉，这些泥土层返照出来画家的个人生存写照，似乎在画面之外，构成另一种深邃的自画像。画家自己的面容相貌，被一只古老的碗钵所勾勒，在黑暗中成像、显形，有时候是瞬间，有时候是在断续、停顿中慢慢用手掌依次托出：碗是光亮、女性、童年、光阴；钵是信仰、男性、劳动、辛勤。碗是成年、梦境、滋养、休憩；钵是老年、回忆、山水、见证。这一捧故乡的泥土被烧制成碗钵，经历了多少熊熊燃烧的窑火，多少代人命运的薪火相传。是的，命运仍旧是画家杨键关注的焦点，是他美学建构的一贯主题。他试图在一只普通家用的碗钵上勾勒出他对于世界的妙思奇想，同时，逼真地画出中国人的千年命运……碗中有人世沉浮。碗中有江山日月。碗中有岁月甘苦。碗中有神鬼同界。碗中有长江黄河。碗中有泰山昆仑。碗中有稻粟谷禾。碗中有饿殍遍野。碗中有《论语》《周易》。碗中有《大学》《中庸》。碗中有《心经》《孝经》。碗中有朝代更迭。碗中有十月围城。碗中有世界大同。碗中有衣食艰难。碗中有爱意培壅。碗中有前世今生。碗中有韶华胜极。碗中有歌以言志。碗中有岁月静好。碗中有自暴自弃。碗中有新仇旧恨。碗中有竹萌雀鷇。碗中有有凤来仪。碗中有世上人家。碗中有屏开牡丹。碗中有风花啼鸟。碗中有田畴村落。碗中有江湖恩怨。碗中有山鸣谷应。碗中有八仙过海。碗中有放浪形骸。碗中有望门投止。碗中有越陌度阡。碗中有来人之泪。碗中有戒定真香。碗中有劫毁余真。碗中有木石证盟。碗中有生死大限。碗中有临河不济。碗中有十八相送。碗中有生死相托。碗中有惊枝未稳。碗中有鹊桥相会。

历史的无尽灯，周遭皆为漫漫长夜尽头的黑暗。

在中国的命运线上，有紫气氤氲的古老往昔，江山人物风起云涌，一代代层出不穷，如海上的蓬莱仙境。用说书人的开场白来说，谓之"一时间多少豪杰，纷纷奔赴各路……"——想想伟大的《韩熙载夜宴图》《富春山居图》《溪山行旅图》《清明上河图》《万里长江图》……许许多多的古代名画、山水巨构，都在这一根线上。或许，这就是国人独有的"生命宇宙"，杨键把一只单独的碗钵画得恍若山体直立，天远地阔，这绝非一时的对审美抽象概念的单一表达，而是实实在在地剖白出他自己生命最内在的体验，虽一己所会，却契合人类普遍的感动意会。黑白碗钵，如莲花般浮出，如出云的山峰耸立，略写大概，极尽庄严之世相。"笔墨苍茫间悉其全力"（王时敏），以及"……高踪遗世，如天际冥鸿，人知其高举，而不知所终，不独其画境之苍茫不可测也"（杨翰）。换句话说，他画中的碗和钵，每一只，每一幅，都尽心尽力于碗钵之上的"菩萨地位"。

中国画学至国朝而衰弊极矣。岂止衰弊，至今郡邑无闻画人者。其遗余二三名宿，摹写四王、二石之糟粕，枯笔数笔，味同嚼蜡，岂复能传后，以与今欧美、日本竞胜哉？盖即四王、二石，稍存元人逸笔，已非唐、宋正宗，比之宋人，已同邻下，无非无议矣。唯恽、蒋、二南，妙丽有古人意，自余则一丘之貉，无可取焉。墨井寡传，郎世宁乃出西法，它日当有合中西而成大家者。日本已力讲之，当以郎世宁为太祖矣。如仍守旧不变，则中国画学应遂灭绝。国人岂无英绝之士应运而兴，合中西而为画学新纪元者，其在今乎？吾斯望之。

——康有为

若想把中国画改良，首先要革王画的命。因为要改良中国画，断不能不采用洋画写实的精神。这是什么理由呢？譬如文学家必用写实主义，才能够采古人的技术，发挥自己的天才，做自己的文章，不是抄古人的文章。画家也必须用写实主义，才能够发挥自己的天才，画自己的画，不落古人的窠臼。中国画在南北宋及之初时代，那描摹刻画人物、禽兽、楼台、花木的功夫还有点和写实主义相近。自从学士派鄙薄院画，专重写意，不尚肖物，这种风气，一倡于元末的倪、黄，再倡于明代的文、沈，到了清朝的三王更是变本加厉。人家说王石谷的画是中国画的集大成，我说王石谷的画是倪、黄、文、沈一派中国恶画的总结束。……我家所藏和见过的王画，不下二百多件，内中有"画题"的不到十分之一，大概都用那"临""摹""仿""抚"四大本领，复写故画，自家创作的，简直可以说没有，这就是王派留在画界最大的恶影响。倒是后来的扬州八怪，还有自由描写的天才，社会上却看不起他们，却要把王画当作画学正宗。说起描写技能来，王派画不但远不及宋元，并赶不上同时的吴墨井（吴是天主教徒，他画法的布景写物，颇受了洋画的影响），像这样的画学正宗，像这样社会上盲目崇拜的偶像，若不打倒，实是输入写实主义、改良中国画的最大障碍。

——陈独秀

你如果相信，有若干古时代存在，那就大错特错了。仅仅从现在起，这一个古代才开始形成。

——诺瓦利斯《断片》

文化始终是某种东方的事物，某种欧洲之外的事物，某种超越欧洲的事物。反之，主体主义和试验才是欧洲的东西。我们欧洲人今天抵达了伟大和深渊的边缘，不管我们仅仅是想立稳脚跟，还是继续前进，我们都必须掉头。

——鲁道夫·潘维茨《欧洲文化的危机》

不在显赫之处强求，而于隐微处锲而不舍，这就是神圣。

——荷尔德林《许佩里翁或希腊的流亡者》

对饮终日，不交一言。

——宋·欧阳修《归田录》

珠馆薰燃久，玉房梳扫余。

烧兰才作烛，襞锦不成书。

本以亭亭远，翻嫌脉脉疏。

回头问残照，残照更空虚。

——唐·李商隐《槿花二首》

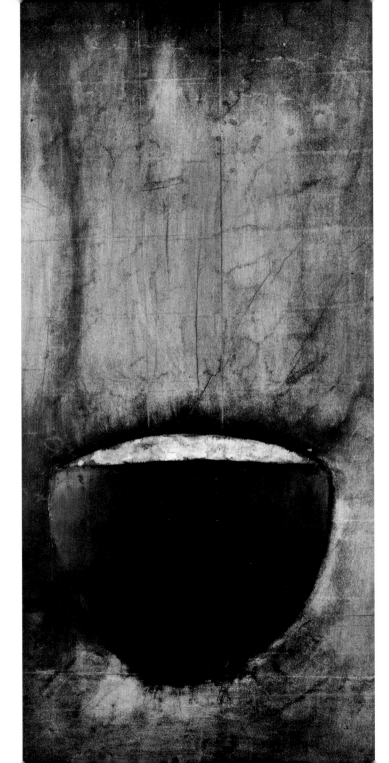

播种时，你开第一犁

收获时，你割第一镰

——杨键《尧啊》

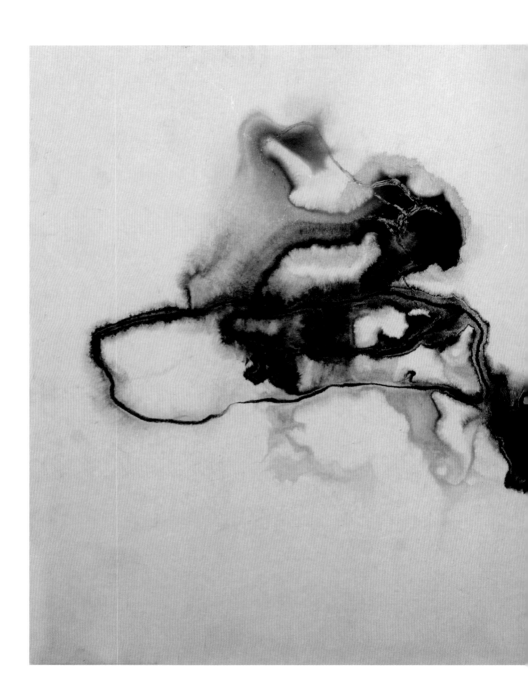

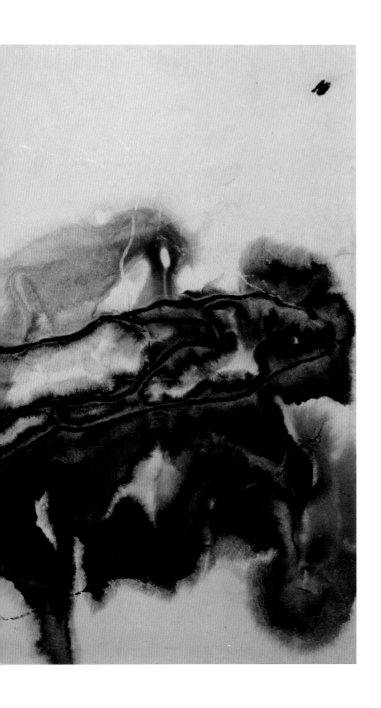

上百年以来，很大一部分知识分子都——就像人们所说的——"亚洲化"了，这在行家中是个公开的秘密。

——彼得·斯洛特戴克《欧道主义》

　　而此刻正是从近世转入最近未来的一过渡时代也。现在的哲学色彩不但是东方的，直截了当就是中国的——中国哲学的方法为直觉，所着眼研究者在"生"。在此过渡时代还不大很同样，愈往下走，我将见其直走入那一条线上去！

——梁漱溟

　　杨键的诗与画是他生命的联袂吟诵。

　　他的画面如破败的肉身，烟熏火燎，虫蛀风蚀——凋敝的人生里有敝帚自珍的温暖，浮光掠影的山水在回光返照；里边有悲苦灭道，有生老病死，有爱别离，有怨憎会；之后是勇猛精进的笔力，香象渡河的气魄。诗性的笔墨挑亮烛火，事物在计白当黑的夕光里默默消失，或在一缕晨曦的辉光里隐忍地归来，或者它是永在表面的实物背后有一个寂然不动而又豁然洞开的空空的真理。一碗的江山，一钵的性命；空空的碗，问到生的尽头；空空的钵，问到死的开端；一双芒鞋经过了苦难沧桑的求道之路；繁华落尽，九九尽一，舍弃肉身，留得空性——是一束常寂光，照亮了来路。

　　他的诗书写的是忠诚与道义，谦卑与慈悲，怜悯与恻隐，灭度与决绝，大彻大悟与婴儿般的新生。里面有破破烂烂的爱，有无所不在的空，有隐忍中的不屈。所谓天地一指，万物一马，几近无语，空空如也。如此而日月星辰、鸟兽虫鱼、花草树木一切都在其中。生命这个物种以东方中国江南的形象，示现在他的诗篇之中。作为重，他选择了用秤砣般的诗句，庞大的传统的重量在那一边；作为疼，他选择的是针，并未发力，也无足蹈，却一针见血，传遍周身，透彻本源，直抵人心；作为修辞，他选择的是诚实，至诚如神，"忠信所以进德也。修辞立其诚，所以居业也"。

他的绘画，作为从本源的传统里抽出的笔墨，融入了国际绘画视野中的中国元素；他的诗歌，作为中国当代文学的组成，以不卑不亢的诗歌式样，为世界文学奉献上了独具一格的存在。

——王长征

一定程度中，画面中央空悬或孤置着的这些碗善眉粗目，慧心入定，呈禅定趺坐状、忧烦顿失状、曙色乍现状、敬谢不敏状、迎难而进状、不吃不喝状、疑窦重重状、觉满开悟状、言传身教状、形神若离状、果报业体状、继往开来状、筑承露台状、虚心实腹状、专气致柔状、悲从中来状、水月镜花状、滋茂福德状、五蕴八识状、仰首枝头状、引颈就刀状、救苦救难状、放逸无端状、真味性苦状、即见熟果状、脉解主开状、非狂即魔状、别开生面状、一心护法状、专精观想状、无修无证状、言下顿开状、具足圆智状、护摩礼拜状、醍醐灌顶状、意即能灭状、手眼通天状、金刚甘露状、花开见佛状、纤尘不立状、我愿如斯状、三际断空状、唯心净念状、前念已灭状、灭不追往状、未生不引状、春回大地状、精进无间状、伏虎降魔状、往生净土状、心开意解状、了了分明状、离诸无心状、我佛慈悲状、脱焉如意状、流水落花状、默然在心状、历历在目状、十方如来状、怜念从生状、母子历生状、极乐净土状、无上大悲状、澄潭月影状、廓尔忘言状、华枝春满状、尘尽光还状、刹那不住状、春日迟迟状、改天换地状、拨雾见日状、时间重力状、真空妙有状、过去未来状、净明初动状、无上因缘状、群鸟高飞状、如人饮水状、冷暖自知状、石火电光状、磨砖成镜状、一机一境状、华严唯识状、天台密乘状、如雷贯耳状、筋疲力尽状、醒来无味状、悲欢离合状、醉折花枝状、欲说还休状、山高水阔状、暖客围炉状、提心吊胆状、一袭蓝衫状、羞愧不安状、往昔不复状、如数家珍状、轻清安适状、云开日出状、寂止清快状、忽如弦断状、万籁无声状、犹截众流状、八方大劫状、片云不滓状、觉受心触状、六根明利状、坐脱立亡状、金石为开状、水火可入状、如箭中的状、灰身灭智状、出生入死状、真如可灭状、即落断见状、缘起性空状、般若智海状、物我两忘状、即心即佛状、涅槃风帆状、只言片语状、当仁不让状、罔替晨昏状、脱壳投胎状、披胆沥肝状、道成肉身状、清磬一声状、沧波万叠状、虚空粉碎状、身世飘零状、转念化乘状、新知旧交状、鹤谢旧巢状、芙蓉出水状、潮音度夕状、沧海桑田状、法雨朝雾状、素昧平生状、归去来兮状、蹉跎岁月状、扪胸藏羞状、漫辫空花状、芒鞋汗漫状、锤凿万古状、南屏晚钟状、大观未若状、举头咫尺状、松谷云风状、外患内忧状、知恩图报状、诗囚放歌状、生死契阔状、执子之手状、拈花一笑状、斗室乾坤状、明月在天状、触眼芳菲状、飞霞盼树状、细嚼梅花状、放鹤任志状、眉案同心状、他日重逢状、绮窗更试状、冰玉肌骨状、信心拈来状、梦醒枝头状、寒影罗浮状、林下水边状、一湖冷翠状、万雪千霜状、亲子鉴定状、陌上花开状、风雨如晦状、既见君子状、蒹葭苍苍状、云胡不喜状、鸡鸣三更状、带月荷锄状、寒窗抱雪状、旧冻渐收状、数声寒鸦状、磨洗前朝状、投之以桃状、诲尔谆谆状、夙兴夜寐状、昊天不忒状、庭院洒扫状、听用我谋状、庶无大悔状、我心戚戚状、告尔旧止状、天方艰难状、耳提面命状、无德不报状、辑柔尔颜状、不可度思状、敬尔威仪状、率彼旷野状、虎拜稽首状、江汉浮浮状、四方既平状、国破家亡状、山隐觅果状、盈亏圆缺状、细雨敲窗状、草色苔绿状、屏山抱膝状、似曾相识状、旧志同识状、清风徐来状、石破天惊状、云垂海立状、生机盎然状、天意浩荡状、地老天荒状、铭心刻骨状、见字如晤状、青青子衿状、一夜皓月状、大江东去状、湖山晓月状、空山鸟语状……尘虑净消状、声声断喝状。仿佛画面之外的，都是世间的善男信女们，各方神圣、世相诸法，只因画中的碗钵这一声生活的召唤，而由四面八方云集而来。世界犹如一个曙色初现的清晨，如破晓时分的村落阡陌、巷弄人家普通住户的厨房斗室，一缕曙光最初照耀厨房里吃饭的桌子，桌上端放着一只普通寻常的碗钵，一缕日光透过窗户照亮这只碗或钵的碗身钵体。这生活的见证——命运的端倪。命运自在的端然忧色。"以他平他为之和"（《国语·郑语》）。

　　碗、钵在画中的远近不确定，难以测度，显得笔墨凝练、稚拙而神秘，仿佛跟周围的人事世界交往笃深，已成为杨键绘画高度符号化了的"具象"系列。有时，像是在昏暗中摸索、描绘尚未到达的未来世界的先声，但又更像是追溯远古的过去，那些缺席的碗，制度化了的人间烟火，更多衣衫褴褛，似乎将要显身，但最终迷失了的和令人羞愧的父辈一代的肖像。碗作为一个个活人的肖像画，此为杨键艺术中几乎不被人提及、注重并加以深研的父性主题。他的诗、他的绘画多年来其实一直在试图描绘和记录一个时代，一名父亲出没无常、远近模糊的形象。父亲远去的背景带来痛楚和心恸，长年累月，始终牵制着，牢牢吸引着杨键的目光和内心活动。某种程度上，父性、自性、天性，是杨键内心世界的三位一体，这里所言的"天性"，亦可称佛性。一心向佛的智者，以绘事后素的笔墨，向生活礼敬。

1946 年，海德格尔在著名的《诗人何为》一文中这样写道：

更好冒险的人是诗人，但却是这样的诗人：他们的歌把我们的不受保护的存在转变为敞开。由于这些诗人倒转了和敞开背道而驰的分手，并且在内心将其不完整召唤到健全之中，故他们能在非神圣之中歌吟健全。这种召唤性的倒转已经追上了反敞开而去的分手。它走在"一切分手的前头"，并且比那存在于世界之内在心灵空间里的任何对象性事物都活得长久。倒转性的内在召唤便是大胆，这种大胆敢于从人的本质处去冒险，因为人拥有语言并且是言说者。……在世界之内在空间的不可见中（天使显现为它的世界性的浑一），对世界性在者的有力牵引成为可见的，神圣只有在大地之最广阔的领域中才能显现。更带冒险性的诗人因为体验到不神圣本身从而行进在神圣的大道上。他们的歌响彻大地。他们的吟唱欢呼存在之领域的完整性。

父亲和完整性，在哲学上对应于道和德：道法自然，德被天下，以及我们时代的残缺程度。杨键所画碗和钵，是在默然中念诵佛号，重读《道德经》《周易》《春秋》和四书，是在重温中国华夏文明的淳德厚音。

作为中国人，谁没有手捧过一只吃饭舀水用的碗钵？此为中国人最日常使用的智慧体认，每一名国人都备受它的谆谆教化、哺育和托付，《百家姓》中每一姓之人生开初，都从"捧起一只饭钵碗"开始。故巷弄阡陌市井乡里有"打掉饭碗""摔了自家饭碗"之说。国人生命，是从捧起一只饭碗（成人谋生立业），到最终放下碗钵（体力终止死亡）的身体性的漫长过程。此过程之间每一变故际遭，都有碗和钵在场。一碗刚刚盛好的米饭慢慢地去把手焐热，一大碗茶水在蹲坐在田埂旁的工人或农民手上渐渐地冷下来。杨键画钵，事关性命；杨键画碗，是在招魂。

《今生今世》开篇，劈头一句竟是关于画的疑虑："桃花难画，因要画得它静。"这一文句可谓霹雳一声惊天地，是旧说书人所说的"平地一声惊雷"。比起许许多多的世界名著，都是毫不逊色。无论是《堂吉诃德》《奥德赛》《巴马修道院》，还是美丽的《白鲸》、惊世骇俗的《追忆逝水年华》，抑或是貌不惊人的《傲慢与偏见》。方才我所举这六部欧洲文学名著，绝对堪称人类自有小说诗歌以来所诞生过的最高等级作品，没有任何比较，只有定评。亦即，它们只可能在"六"这个数字范围以内，彼此评价比照。说"桃花难画"，意境主旨并不在"画"本身，而在作者的作家身份，自然亦掺杂了几分画家的独到视野。从一开始，此书就区别于民国时期以来中国的任何一本文学作品了。过去一百年中国人写的书，你再找不出一本，开篇从绘画说起来的了。这表面上作者的"一愣神"，片刻的恍惚、走神，实则乃更加非凡意义上的全神贯注、目不转睛，所谓"醉翁之意不在酒"。国人说起花，第一必定是桃花；正如中国人讲日常过日子，首念必提及碗筷汤钵，柴盐酱醋，道理一样。汉唐礼乐，文武魁星，民间的男耕女织，人世的慷慨繁华，这一切样样周全简静，是《诗经》里说的"既饱以德"，用平时老百姓的话，叫作：肚皮吃饱，做个好人。

或者说：吃饱肚皮，定定心心。

某种程度上，伫立在杨键画作面前的观画者，映入其眼帘的是一首年代悠远淳古的咏物诗，来自中国诗歌史漫长的岁月长河，观画者耳朵可能听到《楚辞》里的潇湘"汩汩"的水流，那里有长满《诗经》篇章的花树，布满各种奇妙咒语的日月星辰，有"芍药""彤管""茅草"，各种飞鸟灵兽、游鱼芳甸，更有生长在古老《楚辞》中的第一首咏物诗——屈原的《橘颂》。

刘勰《文心雕龙·明诗》说："感物吟志，莫非自然。"强调了心物之间的感应。清人陈仅在分析了近万篇古今咏物诗之不同后，感叹道："自咏物诗兴而性情亡，其能拟古、咏物见真性情者，杜老一人而已。"（《竹林答问》）

所谓"指物而成"，杨键运用了许许多多大尺幅的水墨画，精心绘制出了独具匠心的一首咏物诗：《碗钵》。借此向逝去了的古中国致敬，其状物抒怀、借物言志的内在心声，以及凄凉寄慨，已是不言而喻、不言自明的事情。

从前，
耕完地，
我就在家门口的小河里
洗犁。

犁铧被大地磨快了
割破了我的手，
而河水迅速溶化了我的血，
也把我的犁洗好了。

我的长处很快变成了短处，
我的生处很快变成绝处。
我要拼死找到我的源泉，
而不是你所降下的灾殃。

——杨键《尧啊》

当一只只具有沉重感的黑色碗钵呈现在一幅画的中央，言语便终止了。随之而来的是岁月悠悠的长时间的沉寂。

当画作命名为《碗》《钵》《空钵》《灵碗》时，我们怎能不谈粮食？

我们怎能不谈"诗书耕读""礼仪传家"的古中国？

我们怎能不谈谈灵魂？谈谈艺术的机缘巧合，世界的生死存在？

碗是中国人抵事论世的尺度，是民间日常抽象的度量衡。碗在中国，象征着天地良心、列祖列宗、江山社稷、温饱性命，在日常所用之碗各种大小形制上，聪明的古人很早就意识到了碗钵所象征着的生与死终极的体认：上扬平端为生，下覆倒扣为死。而生则虚怀若谷、海纳百川，死则底端燃烛、向死而生。由碗这个汉字及意象衍生出了其他更多的汉字、民俗、民风。中国人寻常待客，说"笑纳了"。中国人抱拳、作揖（双拳相握仿佛刚从饭碗中、大海碗中收出）。中国人死后的坟地如同一只倒扣在地的碗钵，死成为肉眼可见之物，亲密温婉一如家常的白瓷碗，或粗陶钵体，碗既是平生相托，亦为身家性命，既是开始，也是结束。古时农耕的乡民们在一只饭碗大小的空间区域走实他们的一生，人们终其一生的目光都谨记乡愿祖训，绝少逾越过一只白碗的碗沿，碗沿之内是故乡风物，乡土中国，天地江湖，春夏秋冬；碗沿之外是他乡异域、阿鼻地狱、世道轮回、生老病死。碗沿之内是子孙满堂、五谷丰登、人情冷暖、嘘寒问暖；碗沿之外是世态炎凉、人走茶凉、虎豹豺狼、天涯羁旅。文字里面也有碗，每一象形的汉字都经历过碗和钵的精心托付和考量。中国古老的成语有"一言九鼎"之说，可见言语有分量有内容，有情有义，有深浅轻重。汉语、汉字是用吃饭的嘴和碗钵仔细盛放一一掂量过的，文字、粮食，都是国人精神世界的首要遗产。在吃饭桌上，一碗老酒端平了敬人，晶莹剔透的酒液微微晃动溢出——这是一种什么样的语言？供桌上的饭碗，插上亲人虔诚敬献的香火——这是一种什么样的生命？"影像前大红供桌上供着寿桃，还有献酒的三脚银爵，来拜寿的人在银爵里斟满酒向影像举一举然后将酒倒掉，就算是影像喝过了。"（孔德懋：《孔府内宅轶事——孔子后裔的回忆》）

同样，碗和钵亦为家庭和睦、日常安居的象征。"安居"本身，历来是植根于中国传统文化最核心的表征。安居方可"修身、齐家"，安居方可"平天下"，方可"人和、意顺、神畅、福至"。北宋《云笈七签》卷六十曰："譬於器中安物，物假器而居之，畏器之破坏，物乃不得安居。"在这里，世代兴旺，敬祖穆宗本为儒家宗法的基本要义。

不知为什么，在现实世界里，人很难去面对一只空空的碗，尤其是独自一人时。在厨房和客厅，在吃饭的餐桌上，碗总是在被使用过后立即得到清洗，被屋主人快速收走，两只以上的碗总是层层相叠，橱柜里相互叠放好的一摞碗跟一只仿佛落单迷途了的大雁似的单碗完全不是一回事，碗似乎第一时间会心生恐惧，总是飞快地团聚在一起，生怕落单，也唯恐自己变成最孤单的那一只白碗，空碗。它们对于空间具有某种视觉上的洁癖，实际上是碗或钵的几何形内壁对于空间具备着某种天生的灵敏。一只碗的内凹的部分总是恍惚不安、左右逡巡着。由于一时间的完整仿佛是它的天敌，是它天然地所缺乏的，碗总是试图在众目睽睽之下不怎么被人注意而又总是十分地显眼和突兀，如同纯洁的反叛、处女的色情、死者的忸怩或儿童的肉欲。一只众人面前摆放着的碗，几乎是无辜的同义词，但又时常被周围的环境空间否决掉。碗，天然地是一种患有狂想症的加法。除了"一"之外，除了单个的"一"这个数字孤零零地存活下来，"一"以上的数字部分全部恐惧和充满热望地搂抱在一起。它们是一个集体，一个无从选择的王国，仿佛借此嘲讽和象征着人类文明模式的局限，或致命的独处。人是那种既向往着单身独处同时又始终闹闹嚷嚷着的注定群居的动物，一只空放着的碗钵就像双瞳完整的一双眼睛，将上述一切尽收眼底，但同时又始终一眨不眨，继续静静地打量。在饭桌上，一只空碗似乎很专注于享受周围的安静，然而是以一种极度的不安在充满顺从的审慎中静候着。碗的好奇心无处不在，人可能给予它的形形色色，林林总总，实在太多了。但它从不说：够了！它是人类文明永不餍足的最隐蔽不可见的明证，几乎是生命局促不安的象征。甚至书写出《道德经》五千言字的老子出函谷关的前一分钟，也在使用它。啊！中国式的好奇心。它在不知不觉中突然苏醒了，目睹了主人家命运的一幕。有时候，人们看到一只空碗，就像无意中不小心撞见了陌不相识的孕妇在当街撩起胸口的衣裳给婴孩喂奶一样，会产生强烈的羞愧感夹杂着羞耻和惊恐。因而，空地上，或人家案桌上的一只碗，一只摆放出的孤零零的空钵，几乎是匪夷所思被迫暴露出的生活的私处。现实生活也确实如此。进入一个人家的门，想知道他或她生活的优劣程度，最简捷的方法，或许就是设法去观察主人吃饭时曾经或可能用手捧过的碗钵，这是人间的光照。与此同时，在中国，只有乞丐或出家的和尚才走在大街上坦然手端一只碗钵。无疑，碗是经由水中升起的另一个太阳。这里的水，自然，是经厨房管道埋放安装好的日常饮用水。由此可见，碗是女阴、生育、贞操和妇德；碗也是男根、脾脏、气血和品质。一只碗的悟性吹弹可破。碗是天赐之姓、阴阳之上的太极，阳光下的黑暗，水流中的土层，结成冰的火焰。是希腊哲学中著名"芝诺之箭"的逻辑学实体。它停顿下来，因为早已经飞射而去，消逝。在一个人从生到死的日常经验里，碗或钵，是他或她每天会遇见甚至肯定接触的第一个幽灵，因为象征着人间，所以排名超前，远超过太阳月亮、星辰海洋；的确，人们太忙碌了，忙碌到一生都无法仔细地看清楚自己天天吃饭用的那一只饭钵，那只龙泉青瓷的薄胎的碗！人和人之间，又太过疏离，疏离到房间的桌子上始终若隐若现，有一只不知何种用途的空碗。一种圆形，多点白色，稍纵即逝——这就是在寻常的吃喝拉撒面前，人类所要面临的真实的判决。

碗是时间中的午夜一点，是零点之后渐渐靠近的公正。这公正清晰、透明、均匀而又通透，是时时刻刻、缠绕、发生在活人们身边的圆周率，每一个在世的活人，都不可避免地向着它围拢。它才是生活幕后的真相！是我们身边日常可见、可观望的太阳黑子！它才是那名数学天才般的幕后操盘手。它才是海难现场仍旧汹涌的漩涡。天上一个太阳，地上一只碗钵！它是人类社会的隐形向心力，是达·芬奇《最后的晚餐》之画面谜底，是凡·高的向日葵，是马奈的酒吧，是莫奈的睡莲和日出，是毕加索的赛马，是西斯奈的桥和人行道，是夏加尔的小提琴，是伦勃朗的光照，是维米尔的运河，是徐渭的荷花，是倪瓒的枯树，是黄公望的峰峦，是常玉的大象。某种程度上，一个人的日常起居，无非由这么几个大小不一的圆形环环相扣着——想象一下：

锁孔

眼睛

尿道

车轮

碗钵

吸顶灯

风洞

酒瓶

耳鼻

…………

每一个圆形既彼此独立，又相互串通。既单独存在，又血肉交融。

这就是人人的手指缝里溜走的光阴。

难怪僧人行脚，每游走到一个新地方的寺院，名曰"挂单"，地道的中国名词，中国发明！

僧人行脚，随身只一竹杖，一只碗钵。

在佛的（婉）碗拒的世界里，佛只承认（与人相关的）一样东西：吃饭用的碗或钵。

身处无限光明之中的碗钵，还世界以最初光明的智慧，没有比摆放端庄的一只碗更大度的了。

你见过一只拒绝人的碗吗？

除了摔碎之后，已经成为碎片的碗钵之外，你见过一只无法盛放东西的碗或钵吗？

内容。接纳。秘密。洁净。
安然。坦荡。体面。大方。
藏匿。整体。抵达。实用。
方便。无价。公开。个人。
有无。始终。轻盈。首要。

——而遁入空门以后，一只碗出现在庄严大千世界，碗也就托体变身，成了"仿徐崇嗣设色"、"写生设色有元人疏落之致"（方薰）、浓淡晕化而出的钵。

碗是前世今生，碗是清晨和傍晚。碗是饱和饿，碗是讨要和保存。碗是奉献和容纳，碗是两个人的车站，碗是有和无，尊和卑，上和下，高山流水，琴瑟相和，生死相托，厮守终生，海枯石烂，林中响箭，静静瞭望着人间世事的突出的眼睛。

水落方能石露，有心别无用处。
若问佛法如何，日洗钵盂两度。

——宋·释了惠《洗钵罗汉赞》

几年依样画葫芦，自作葫芦学佛徒。
一笔从今勾断了，一瓶一钵任江湖。

——宋·楼钥《写照叶处士求僧》

十里湖光十里松，松阴路到十高峰。
窗看渡口随湖月，楼听云门度岭钟。
梁帝钵含山雨润，普贤台锁藓花重。
谁人的是忘机子，香稻寒蔬养瘦容。

——宋·曾会《题法华山天衣寺》

补衲随缘住，难违尘外踪。
木杯能渡水，铁钵肯降龙。
到处栖云榻，何年卧雪峰。
知师归日近，应偃旧房松。

——唐·戴叔伦《赠行脚僧》

迅商呼不来，午汗如翻浆。
道人空万缘，解后赞公房。
虚室千世界，圆满一钵囊。
碧云护兜率，白日照普光。
萧萧芦苇中，着此清净坊。
鉴师从西来，一喝登慈航。
唾手举慧刃，斫断烦恼缰。
邀我供煮饼，心地陡清凉。
官焙破苍璧，桃笙涨寒江。

——宋·魏了翁《夏港僧舍》

数举营巢债，才成作佛庐。
随堂展单钵，均是道人居。

——宋·张镃《桂隐纪咏·东寺》

去旨趣非常，春风尔莫狂。
惟擎一铁钵，旧亦讲金刚。
午饭孤烟里，宵禅大石旁。
羡师终不及，湘浪渌茫茫。

——唐·贯休《送僧之湖外》

老病家居幸岁穰，味兼南北饫枯肠。
满脾蜜熟饧餭美，下栈羊肥博饦香。
鲅刺河鲂初出水，迷离穴兔正迎霜。
山僧一钵无余念，应笑先生为口忙。

——宋·陆游《闲居对食书愧》

欲作空门补处人，如何头上裹头巾。
曹溪一夜传衣钵，元是当年行者身。

——宋·方回《寿昌郑生入天目山礼僧》

三十年来云水僧，常挑钵袋系行縢。

——宋·陆游《别建安》

书经秦火讹难读，钵至曹溪靳不传。

——宋·刘克庄《和林太渊二首》

金莲妄想消除尽，一碗松肪彻晓明。

——宋·陆游《夜坐》

秋宵一何长，客梦一何短。
坐为识丁累，弹铗落孤馆。
所思渺寒江，苦惜会面罕。
岂无相携人，情话谁与款。
昔为爨下桐，今为沟中断。
江风摇青灯，几砚尘欲满。
不惯事典签，与子书亦懒。
传闻教辟雍，如乐得巇管。
诸生声利尘，颇欲一湔瀚。
何时夜雨床，共话晴云碗。

——宋·方岳《寄陈国录》

　　的确，一件艺术品是不是绘画，采用什么风格与媒介都不是最重要的，而最重要的是人生，是画家那一双特异的眼睛，是"一洗时习，独开生面"（张庚）的思想观念。

　　德国人耶尔格·冯·乌特曼曾撰文分析基弗成功的原因。他认为，画家基弗的成功并不在于其绘画形式的精湛，而在于他在绘画中所对准的主题——德国的文化历史。

负钵寻远山，修眉挂秋雨。

——明·唵嘛香公《寻山》

我生本癯绝，万事不系怀。
一朝蜕形去，岂问弃与埋。
游宦三十年，所向无一谐。
偶然有天幸，自退非人排。
黄纸如鸦字，君恩赐残骸。
剡溪回雪舫，云门散青鞋。
两犊掀春泥，一钵随午斋。
更当拥布被，高枕听鸣蛙。

——宋·陆游《初春书喜》

梦魂不涉人间世，肯把黄梅破钵传。

——宋·释绍昙《樵隐》

我们注意到历史画家：大多数现代主义画家都是历史的遗忘者，而基弗则相反，首先是一位伟大的记忆者。杨键同样如此。无论是在画出碗和钵之前的"苦山水""雪景图"系列，还是在他作为诗人毕其十二年之久的心血一气呵成、由数千首短诗组成的长诗《哭庙》篇章面前，他都自觉跻身于"通古今之变"（司马迁）的伟大历史的记忆者的艰辛行列之中。

基弗作品与文学之间的关系，从而更加清晰地揭示基弗艺术中图像符号所具有的"互文性"特征。这样的"互文性"，在杨键这里，也同样明显。

在破落的乡下河边有一间破落的小庙，
破落的佛像在里面好像空空的鸟窝。
高高的大树已经落完了叶子，
荒草在地面翻滚如同金色的麦浪，
破庙里美丽的佛眼叫我永生难忘。

——杨键《荒草》

另一种重要美学特征："对过程的强调，对痕迹的偏爱。"作品《容器的破碎》，体现了历史上某一个时期的基弗的主题。同样，在杨键"苦山水"系列画作这里，也有某种程度的，对空间体验的探险。

神话，哀悼和记忆。

这不仅仅是美学探索，这是一个诗人与其传统世界的人文经典思想，长达30多年的相互打量和"抚摸式"的"对话"。

二战灾难记忆的保存者，诗人保罗·策兰的诗句直接影响了基弗及杨键对材料和图像的选择与运用。在杨键，则是物资缺乏以及20世纪中国特有的历史进程。

众所周知，德国历代艺术家素来以哲理性思辨而名重于世。

这不仅与其哲人气质和文化禀赋有关，也与其特殊的学习和人生经历有关。

画家认为，"法律、神话和宗教——它们都是为了研究人类的特征而衍生的构造物"。

由于他们共同拥有担当历史使命的文化自觉，故其艺术中充满了对古今文化的思考与反思。

在杨键或基弗的作品中反复出现并不断衍生的图像符号，均来自多种文化资源，形成了隐喻历史与文化并烙有其鲜明个人印记的"图像志"系列，同时，呈现出一种复杂多义、蔚为壮观的文化"景观"。其艺术已超越了民族与宗教之窠臼，上升到对整个人类文化和命运的审视与追问。

所以，读者想要对杨键的作品中多重而善变的图像做出合理阐释，不仅充满了学术方面的挑战，也对研究者本身提出了很高的要求。

画家在其创作历程中，不断地将不同历史资源，以及他个人独创的图像与符号原型加以杂糅、整合与变异，从而形成了在材料上、思想上、形式上既交融着原始文本的图像含义，又掺和了其本人对现代性反复思考之先锋思想语境的个性化图像与符号。

这里，诗人杨键和画家杨键始终呈现为创作的一体，两者并不是纯粹以艺术语言取胜的艺术家，对历史的反思和对文化的审视是他作品的重要主题，深刻的思想性是其作品弥足珍贵的品质。

壮阔而又凝重的艺术语言，与自由而深邃的思想观念各具张力并相互彰显。我们发现，他的作品常常以视觉隐喻的方式引经据典，可以说这是某种竭力以宏大叙事的艺术方式传达反思性语汇的当代文化理念。

是的，我们时代面临着形象和历史记忆的双重缺失。

请看约瑟夫·博伊斯，他创作于1955年的装置作品《奥斯维辛的玻璃橱柜》。

标示着"与抽象绘画形成的视觉沉默决裂，以及从美学上直面纳粹的遗物"。

这里的一只只碗钵，同样，也是我们时代不忍卒看的"遗物"。

天水沦涟，穿篱一只撅头船。

万灶炊烟都不起，芒屦，落日捞虾水田里。

——清·陈维崧《南乡子·江南杂咏》

人间和非人间，构成了紧张阵势。

蕴藏着两种相对立的意义：救赎或者逃亡。

虽以朦胧模糊、古今同一的画面减弱了目击的"直接性"，但其通过传统的水墨描绘一只只单调重复的碗钵画面，清晰无误地确立了其美学的形象：决裂。

是啊，借以激发观众记忆的方式在过去和此刻都需要极大的勇气。

那些缺席的、迷失的和令人羞愧的父辈的肖像。

我想我们是在老鼠胡同里，那里的死人失去了他们的骨头。

——T. S. 艾略特《荒原》

一切都和本原一样

一切都存入

人的世世代代的脸

一切不幸

我仿佛

一口祖先们

向后代挖掘的井。

一切不幸都源于我幽深而神秘的水

——海子《十四行：夜晚的月亮》

自我降生之时，

参天大树即已伐倒在破油桶边，

自我降生之时，

一种丧失了祭祀的悲哀即已来到我们中间。

月亮没了，

星星早已散了，

自我降生之时

我即写下了离骚，

即已投河死去。

——杨键《自我降生之时》

因而，与其同时代的国内画家呈现出的作品中疲软的构图形象判然有别。

那些碗和钵，仍然残留有人世间的烟火，而又盘旋失落在遥远的时空灰暗之中，而在另一个世俗的空间中，它们则仍然显得遥不可及。

杨键艺术的独特性在于：首先，他在艺术生涯的初期就以决裂，以"极端"的、非常明确的思考方式，表达出了对 20 世纪以降的人类生活的痛楚记忆和反思。

这不仅体现了画家杨键很早就拥有文化自觉，而且表明他丝毫不回避具象的艺术表达方式。其次，画家杨键的作品具有非凡的思想深度与悲剧特质，它们以对苦难的超度和怜悯，超越民族情结的普世气度给人留下深刻印象，使其在同道中卓尔不群。

那种完全的、大道朝天的问心无愧！这些作品真的让我着迷而且印象深刻。

杨键在始终忠实于传统中国画的基准之上，在创作中表现出来的精判、自由、力度和自信与波洛克的艺术亦有共通之处。但是，他的作品以其多变的面貌和极为丰富的象征意义，将波洛克时代的"遗产"演绎得或许更为壮观和深邃，更具东方色彩。

杨键的作品具有纪念碑式的尺度。

人们知道，在尼采生命的最后岁月里，甚至当其身体状况日趋恶劣之时，他还将舞蹈与哲学相联系。他提出一个观点，舞蹈产生哲学。我对此印象深刻：不要不考虑身体，而应该将人看作是精神与物质不可分割的一个整体。

西方名著《没有个性的人》的作者罗伯特·穆齐尔在他潜心写作的年代，对于当时文坛盛行一时的表现主义、达达主义和超现实主义持强烈的反对态度，这种态度的根由首先在于他坚持认为：现实的描述问题并不仅仅是一个文体修辞问题，而根本是一个认识论的哲学问题。他再三强调历史的内在生命，认为现代世界已经呈现主客体的痛苦分裂。"他同时周转于理性认识和精神认识两个自近代以来截然不同、常人无法通行的世界。"（汉斯·迈耶尔）

正如基弗所说，"我们现在需要做的就是综合所有的这些实验"。

其次在于他进行反思的方式，以及反思的深度。基弗曾做过如下解释："没有一个人活在真空里。一种集体的记忆要比个体的记忆影响深远得多。为了了解你自己，你必须了解你的国家、你的历史。在我艺术生涯的最初阶段，我应该询问过去发生了什么，这其实很正常。我感到我的记忆似乎被阻隔了。在那之前，人们大多都忙着建房子。因此我觉得有必要去唤醒记忆，但不是去改变政治，而是改变我自己。"

面对这样的现代性困境，基弗的回答可谓化干戈为玉帛："回避美是不可能的事情。如果我的作品不美的话，那就没有意义了。"

正如维特根斯坦所说："先前的文化将变成一堆废墟，最后变成一堆灰烬，但精神将在灰烬的上空萦绕盘旋。"

君特·格拉斯说："战后的头几年，摆脱纳粹的教化，重获判断力，培养自己的观点，对我和我同时代的许多人都是一个极为缓慢的过程。"又说："为了使整个一切尽可能的有意义，荒诞就绝不是美学的一种补充，荒诞是现实的一部分，是被描述对象的一部分。"

各种艺术之间已经不再互相渗透，或者说已没有这样的趋势。彼时在巴黎文坛曾风行一时的科克托们在起步阶段也曾步履维艰，最终站在斯特拉文斯基和毕加索这样伟大的肩膀上获得了成功。但是，这样的事例在20世纪70年代的世界之后已经不可想象。电影，这个无法分割的组合体，是如今唯一包容各种艺术的领域（技艺的选择）。每种艺术都固执地想剔除原本不属于自己的东西（冒着停滞不前的危险），同时也是曾经使它和其他艺术并存的东西，这和个人的情况类似。每种艺术在某种"重力作用"下，紧紧地围绕在各自的重心周围，只允许自身和其他相邻的艺术有切点，但是没有切面。

古代文明废墟或许也是杨键作品中的一个重要主题：外观沧桑灰暗，画面肌理斑驳艰涩，这既可以解释为伤痛的记忆，又不能回避废墟在一代又一代中国人文化中的影响。

劳特温所说，"这些风景，以其破坏性的和创造性的描绘方式，贯穿着基弗作品的全部"，切中肯綮。

"只是将自己的作品放在风景画的语境之中，并越过其为人熟知的传统，为这一传统开辟了一个新视角。"

恐怖残败的封闭空间。若隐若现的场域遗址。

它们本身深深烙有时间流逝的痕迹。

"当基弗把工业废墟从它们的社会历史语境中抽离出来，并冠之以能将其置于诗意语境的标题……以这种方式，无名的和变为废墟的建筑成为对消失的寓言。"

杨键创作的"苦山水"系列同样渗透着废墟的理念。"苦山水"系列是杨键从艺术生涯开始一直延续至今的另一种重要的艺术呈现方式。2010年杨键创作的"苦山水"多采用残山剩水的构图；2012年之后杨键尝试"风景画""寒山图"，他"苦山水"作品中的内容几乎同步出现了这一主题。

尽管仍然占了相当的比重，但基本上都与贫瘠荒芜的土地有关，隐喻着历史和近代人文的记忆。

阿拉斯说，"沙土用其悲剧性的（和出奇平静的）浑浊遮盖了每一个图像"。

蚀痕累累、斑驳陆离，它们色彩灰暗却层次丰富、变化微妙，这些"苦山水""雪景图"看上去像"来自遥远纪元的物体"。

画面之上，只有风、时间和声音。

"暗指物质领域和精神领域之间超自然的关联。"

基弗曾说，"最有意思的风景是有一点文明，同时又有一点蛮荒的地方"，"我把我的画看作废墟，或者是可以拼在一起的建筑石块。它们是用来修建某种东西的材料，而不是某种完整的物体。它们远非完美，而是近乎于无……"

一位拥有深厚历史意识的艺术家，或者说他是一位以艺术方式反思历史的思想者。

"哲学本是乡愁，处处为家的欲求。"（诺瓦利斯：《夜颂》）

画家所做的是：第一，反对脱离历史文脉的舍本逐末，通过对具体历史遗留问题的反思和超越，将思维引向更为辽阔的历史时空；第二，反对独尊科学主义和工具理性，主张诗意地领悟世界，徜徉于有限与无限之间；第三，反对人类中心主义，强调灵智无所不在，强调平凡事物中蕴涵的精神特质；第四，通过诗歌与神话的浪漫畅想，哲人圣典的虔诚敬畏，以脱离浅薄史实的恩怨是非，寻觅失落的生命本义。

在纽伦堡审判中，正是有赖于自然法的终极公理战胜了相对主义的实在法，二战时那些十恶不赦的战犯终究受到了最严厉的刑法制裁。

从我们的精神深处出发去思考一个先验的世界体系，积极地运用思维器官去建构一个纯粹认知的理智世界。

——诺瓦利斯

诗不啻是哲学的英雄。

——诺瓦利斯

心眼是世界和生命的钥匙。

——荷尔德林

世界内在空间。

——里尔克

最伟大的魔法师大概是这种人，他能同时使自己着魔，以至于他觉得，他的魔法仿佛是异己的自主现象。

——诺瓦利斯

任何随意的、偶然的、个体的东西均可成为我们的宇宙器官。一张脸、一块石头、一个地方、一棵老树等等，都可以构成我们内心世界的阶段——这正是伟大的物神崇拜之现实主义。

——诺瓦利斯

站在杨键的画作面前，人们必须意识到：19、20 世纪与近代世界的历史时空距离虽然并不遥远，但两者之间却完全被难以跨越的现实鸿沟隔断了，这其中产生了众多难以想象的陌生、疏离和无情的断绝。某种意义上，现当代社会正在抛弃了人伦的异代和异化的道路上愈行愈远了。诗人杨键正是在这样极为困难的道路上做出了画家杨键的艰难的选择，跋涉：人伦。

这仿佛应验了诗人诺瓦利斯早些时候就做出的预言："给卑贱物一种崇高的意义，给寻常物一副神秘的模样，给已知物以未知物的庄重，给有限物一种无限的表象。"

基弗说，"当我用像麦秸和铅这样的对象和材料时，我浓缩了它们的精神"。不过，与诺瓦利斯稍异其趣的是，基弗相信精神蕴藉在事物本身之内，当他使用这些材料时，只是"发现了这些物质本身所具有的精神性"，他没有像诺瓦利斯那样，认为是人通过"魔化"赋予物体以精神，并对自己所谓"解放其蕴涵于自身的精神"做了检讨，"那样说太诺斯替了"。

"世界和物质的起源、人的来历和命运、恶的起源和消灭的问题、灵魂的上升和下降、人从命运和有限中解脱出来获得永生的方法等。"

"当一个人从人是世界的中心、宇宙的中心这个假设中获得解脱，无意义感油然而生。"

基弗曾发出沉重的感慨："一位看到这个世界的人——我指真正地看到它——都是愤世嫉俗的。因为，对建构得如此糟糕的事物没有任何的解释。我知道我看不见意义——这毫无意义。我也不期待哪儿有什么意义。"

"我们人类只能生活在幻想中——没有它们我们简直活不下去。因为在这个世界上不存在意义。根本就没有意义。我们只能生活在幻想里。"

诺瓦利斯说："唯有艺术家才能参透生命的真谛。"

"在人类所有的语言中，我们的汉语可能是离女性的温婉、柔顺最近的语言之一，但在二十世纪的种种革命种种运动之中，我们语言的这些重要特点遭到了前所未有的严重遮蔽。"

"永恒的女性引领我们上升。"是再也不可能的了。

女性离真实的女性已经十分遥远，包括我们口中吃的盐、蔬菜、大米等等，距离它们的本来都已经十分遥远了，这真的是一个离题千里的时代，也就是说，我们是在方方面面，都离开了自己的本来。

——杨键

　　秋来读书园中，万事萧然，只余孤我。纸窗灯槧，一灯寒影，自悲也。已而自笑，时闻凉风摇曳之声，黄叶敲人，心胆俱碎，则又放情独往，未易为怀。每午夜披衣踞榻，急呼小童煮茗焚柏，助我清脾。此时心想淡然，不自知其何极也。昼则从家大人叔氏后，闲步荒堤，看霜枫红紫变色，因慨然发叹，孤吟袅袅，问诸潭清石落之间，惟夕阳残照，白月横来时，复消人余兴而已。

——清·龚鼎孳《〈秋叶〉自序》

　　走也迂癖，落落柴荆中人也。生不山、不水之地，无名胜佳客为往来，闲从书传中见一二佳山水，辄流连不去，自拟卧焉。得一二奇人杰士超轶当世，如与之把臂而语焉。或古樾阳松，蕉香梅韵之间，清游闲眺，旷若有思焉。或独对无语，人淡如菊，焚香瀹茗，不与尘事焉。或广社欢场，花堤柳陌，声歌激越，艳动心魂焉。吟思忽来，一失之便不可复得，以故纸窗竹幌，抱此悠悠，月露花烟，同予淡淡，亦不自知是诗也。尝自戒曰：作素心人当作素心语，作有情人当作有情语，慎勿作俗人作俗语耳。诗成，置之篱壁，不以示人也。

——清·龚鼎孳《〈篱庋〉自序》

　　桐叶下阶，幽蛩泣露。瓶中金粟累累，作寒香向人。与弟辈快举数觥，歌"此夕若无月，一年虚度秋"之句。已乃清光如水，倒浸空斋，携具过爱竹轩，坐石坪上，酌一樽，遂素娥使下。草树蒙茸，淡烟微合，犬声间作，人影参差，莲漏沉沉，瑶光未没。当斯时也，念良辰之不再，感聚首之难期。何岁无秋，此夜极他乡之乐；何宵不月，明年怅荆楚之游。顾念旧山阔焉，千里凉飈方劲，孤云黯然，得无有结愁思于倚闾、悲高楼之荡妇者哉？停杯慷慨，旋复自失也。

——清·龚鼎孳《中秋饮爱竹轩小记》

夫人称画之佳者辄曰"逼真"，而江山胜处又云"如画"。吾不知真者为画，画者为真乎？古今妙画，自在天地间，余游屐所至，每见烟岚雨壑，野树平芜，空濛萧瑟，千态万状，时摩荡于意中，至于今若可吞吐而出之也，而独不能传之笔墨。观萧君尺木所写四十八幅，则举予数十年意中所有者，一旦遇之目中矣。吾又不知意之为画乎？目之为真乎？此中至理，须索解人，还以质之恕庵。

——清·尤侗《题张恕庵所藏萧尺木画》

这些中国古代士人、读书人的心绪旨趣，时时荡漾在画家杨键的水墨笔端。

"在海德格尔的目光中，艺术（特别是诗）肩负着在技术世界中进行拯救的重任。"（行者：《走近海德格尔——我读〈拯救地球与人类未来〉》）

而在中国文化中，"满招损"是一个为众人所知的常理。

我一直对"虚空"这个词很感兴趣。我度过的童年就像去过一个美妙的、巨大的和空旷的房间。加上那时几乎没有任何让人分心的事物——没有收音机，没有电视机，所在的场所很少发生变化。我童年的空房子对我后来的经历和理解力是一个无尽的潜能。我生命中发生的每件事情都已经包含在房间里了。

——基弗

家就是形而上的，我们最大的问题就是家了，新诗至今还没有解决家的问题。母性、女性，在我们受到严重挫伤的汉语里太重要了。汉语的女性气质，有时就像太极，外柔内刚，这应该也是我们汉语在漫长的光阴里活下来的，仍旧活着的奥秘。

——杨键

彼此仇恨、战争杀戮、核战危机、掠夺自然、争抢能源、生态灾难等等不胜枚举。然而，在人类历史的档案中，恶行一一记录在册，被存放在历史的耻辱架上，并终究难以逃过历史的惩罚。

看看这些水墨绘制的碗钵：艺术气势恢宏旷远、寓意深邃复杂。概而观之，其作品色彩深沉黝黯、气氛忧郁孤寂，悲剧情怀是其艺术透露的总体气质。

正所谓"曜灵方升，圆魂未坠，极眺兰陔，载歌《白华》"（龚鼎孳：《金太傅〈南岳游草〉序》）。晋束皙《补亡诗》曰："循彼南陔，言采其兰。眷恋庭闱，心不遑安。"后人因合两意，用兰陔喻孝子养亲之事。《白华》为《诗经·小雅》笙诗篇名。《毛诗序》曰："白华，孝子之洁白也。……有其义而亡其辞。"

大自然风景的哀婉与悲怆的歌者。

在整个人类的绘画史上，赋予人与自然搏斗的权力和勇气，席里柯的《美杜莎之筏》堪称其中之典范。

作为沉默的、祈祷着的冥想者，并同等地同化于自然的沉默，那几近超自然的神秘。

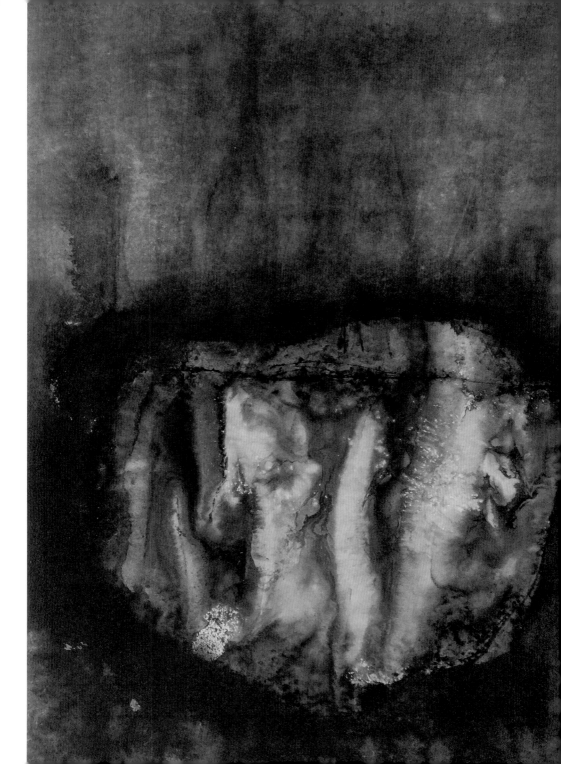

因为我知道
时间永远是时间
地点始终是地点
什么是真实的
只真实于一次时间
只真实于某一个地点

——T. S. 艾略特

半生落魄已成翁，

独立书斋啸晚风。

笔底明珠无处卖，

闲抛闲掷野藤中！

——明·徐渭《题墨葡萄诗》

再无词语，
再无噪杂，
再无一物跟随我的脚步——
我会在那儿，
在你身边，
在那即将开启时间的，
分与秒之中。

——保罗·策兰

我做成了我的墓碑，
我来到了我的坟地，
我得面对我的坟，
我得面对我的苍白，
我得面对我的背叛，
我得面对我的谎言，
我得面对我的坟，
我得面对我的墓碑。

——杨键《坟》

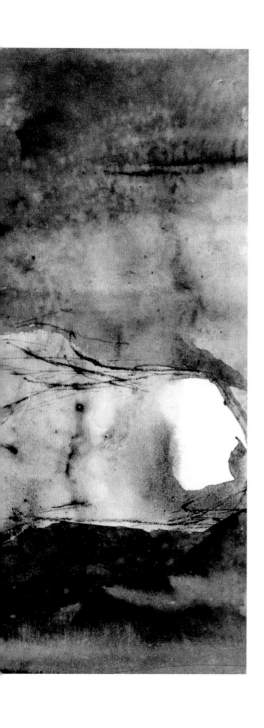

我常常扪心自问，为什么你往往选择死亡、瞬间和坟墓作为绘画的主题内容？为了将来的永生，必须经常献身于死亡。

——卡斯帕·D. 弗里德里希

　　《海边的修士》，卡斯帕·戴维·费里德里希；《麦田里的乌鸦》，凡·高。杨键的《碗》，令人联想起绘画史上这样类似的瞬间。

　　"他以非常人可比的创作力上下求索；他唤起了梦幻般的自然激情，以求他非理性的内心世界创造出一个新人。要在数字化的西方思想的没落中探求一个新的真理。"（埃德加·布赫莱特评说穆齐尔）

　　"上帝不是几何学家，不是数学家，而是诗人。"（以赛亚·柏林）

　　精神衣钵之传承。

　　宋代米芾好石，在安徽无为县见一立石甚奇，即命袍笏拜之，呼为石丈。而杨键的老家，是安徽无为县。

　　今天，我们所面临的最精微的心理学问题，就像面对着地震时候家具摆设的美学问题一样。我们不觉得这些问题是有实际意义的，我们认为：这些劫后的残余物件会在以后归类的……但是灵魂有这样的深谷，它们深入到"被构建起来"的人们的心底深处，即便所有建筑倒塌，它们的地底活动也丝毫无损。如果有人在坍倒、崩塌的时候潜入人心的地下室空间去照亮那隐秘的、坚固的地底，那是很好理解的。

——巴拉兹

人生千里与万里，黯然销魂别而已。

君独何为至于此？山非山兮水非水。

——明末清初·吴伟业《悲歌赠吴季子》

亚里士多德的原文是这样陈述的："历史撰写者和诗人的区别并不在一地，一个写诗而另一个不写（因为人们完全可以把历史中的英雄人物改写成诗，而不管是否用诗行的形式，历史总归是历史）；他们的区别在于，一个叙述真实发生的事，另一个叙述可能发生的事。因此文学创作比撰写历史更有哲学性、更有意义。"

这是画家基弗开出的治疗战后德语国家集体心理疾病的良方："有一大堆的神话学知识被（国家社会主义者）乱用，并且经过乱用后不会再恢复原样。所以我回到地面零点，清理这些神话。我反对一种思想：认为十二年的时间足以使一种上千年的文化成为废物。"

"取消神话，对它斩草除根，将意味着精神的贫瘠。假如我们不再能理解神话语言，假如我们把这种语言看作是我们仅能根据其语法规则重构但却不再能体会其韵味的僵死语言，诗歌和艺术的命运就难以想象了。"在20世纪上半叶，关于神话在当代社会的危机是许多哲学家所共同担心的问题，法国哲学家保罗·利科也曾说："全球化……不仅破坏了传统的文化，这一点倒不一定是无法挽回的错误；而且破坏了我暂且称之为伟大文化的'创造核心'，这个'核心'构成了我们阐释生命的基础，我将称之为人类的道德和神话核心。"

"碎石瓦砾对我来说不是终结，它更代表着一个过程，一个循环。我不会线性地思考问题，我只会循环地思考问题。"这也正是英国学者艾瑞克·霍布斯鲍姆在《极端的年代》一书中所反复论证的一句断语，"20世纪激起了人类最伟大的想象，同时也摧毁了所有美好的幻想"。

在我看来，本雅明对德国悲悼剧的描述恰恰可以用作对这些作品的导读，"它的外部形式由于其极端的粗糙而消失了。而残存下来的则是寓言指涉的非凡细节：在有意建构的废墟中安顿下来去认识客体"。

基弗曾说，"不存在对绘画的错误阐释。只存在不参与。但只要有人认定一种意义，这就是积极的结果——于是，某种东西就真在那儿了"。

明代画家徐渭的作品《题墨葡萄诗》，始终折射出国人中间有修为之士的心路历程。所谓携泰山跃北海，而他的艺术则折射了一位渊博的阅读者"心事浩茫连广宇"的心中历程。

诺瓦利斯所说："如果说哲学家只是把一切安排得井然有序，诗人则解开一切束缚。他的字句不是一般的符号——而是声音，是招呼各种美好事物集于自身周围的咒语。像圣者的衣服保有奇异的力量一样，某些字通过某种神圣的记忆而圣化。"

这同样也印证了梅洛-庞蒂（1908—1961）的观点，"有价值的或伟大的艺术作品绝不是生活的结果，而是对非常特殊的生活事件或最一般的生活结构的反应"。

例如，《灰烬花》这件作品，将一根倒悬的干枯向日葵固定于画面的中心，背景是基弗1984年画的一件建筑题材的作品。"灰烬花"也取自策兰的诗句："我独自一人，我将灰烬心花插入熟黑之玻璃杯中。"

"灰烬是一场大火的产物，但是灰烬也滋养着土地。干枯的向日葵被倒置——它的种子为了重生向灰烬倒泻"。

如此，法海便放许仙回去，交给他一个钵。白蛇娘娘见丈夫回来了，又是凄惶，又是欢喜，许仙却趁她梳头的时候，把那钵往她头上一闯，实时就陷进肉里，白蛇娘娘一手还握着发，只叫得一声："许仙呀！"

像一棵簌簌作响的芦苇，
我从残酷和黏腻的泥潭中诞生，
把遭受禁锢的生命体味，
热烈、痛苦，而又柔情。

我不为人知，正逐渐凋敝，
寒冷泥泞的归宿正在临近，
那亲切而短暂的秋日，
发出一连串欢迎的飒飒声。

我因残酷的屈辱而幸福，
在那如同梦幻的生活之中，
我默默地把每一个人嫉妒，
却又默默地热恋每一个人。

　　　　　　——曼德尔施塔姆《像一棵簌簌作响的芦苇》

而且到底这是不是值得，
在这些杯子，橘子酱，茶水之后，
在动用这些瓷器，在议论有关你我的同时，
这是不是就值得，
用微笑来接受下这桩事情，
把宇宙压缩成一个球
让它朝某个压倒一切的问题滚去，
并且说："我是拉撒路，从死人那里来，
我回来把一切都告诉你们，我会把一切都告诉
你们"——
如果这个人在她身边把枕头枕好，

并且说：“我完全不是这个意思。

不是，完全不是。”

——T.S.艾略特

正如维特根斯坦所说，“我写的每一个句子都在力图说出整个事物，也就是说，相同的事物一再地重复，好像它们都只不过是从一个对象可见的不同角度所获致的见解”。

基弗的作品中彰显了几种相互矛盾的关系；阁楼本来是私密、封闭、边缘的狭小空间，却被赋予了宏大叙事的庄重主题；对繁密木纹不厌其烦地描绘，却极度简化表现主题的形象再现；依循透视原理的建筑直线结构，与木材不规则的曲线状纹理之间相互制约、彼此挣脱。这些矛盾因素使画面充盈着一种紧张、神秘而奇妙的视觉张力，并给观众以心理上的陌生感。

木材在那里被栩栩如生地呈现出来，提示其源头来自森林。

同样，杨键的碗也直指未来世界生命的源头。

“碗和钵”，它囊括了杨键世界观的方方面面。它是一个形而上学的场所，在那儿艺术家试图了解复杂的思想和论题，然后将它们与他周围的环境融为一体。这个场所就是精神本身，它同时兼具韧性和坚固，它是一个过滤器，通过它观念、情感被仔细考虑、创造、掩藏或转化。秘密的仪式在那儿举行，人间的烟火虽败犹荣，历史被记录下来，一切皆有可能。

正如诺瓦利斯所说：“曾经有过一个时候，一切都是精神现象。”

“永恒的火焰。”

是的，这一只只碗，像生生地凝望着陌生世界的一只只眼睛，功能强大的容器，记录着人类曾经的新生，记录着开始和结束，新生和毁灭，以及人类愿望的历史。

“表面生发的现象，跟这种现象所代表的漫漫沉夜带来的冲击根本不成

比例。"(罗伯特·穆齐尔)

法国现代主义建筑大师勒·柯布西耶说："试图给予僧人今天人类最需要的事物：沉默与平静，而不是炫耀。"

伟大的宗教和伟大的建筑是时间沉淀的一部分，就像沙土的颗粒。勒·柯布西耶用沙土建构了一个精神性的空间，发现了混凝土的精神性——用泥土去塑造一个象征，一个关于想象的和精神性世界的象征。他试图在地上建造天堂——这是一个古老的悖论。

或许，这些碗的真正意义在于它们具有"完美的不完美性"，"其神圣性不是来自完成，而是来自其对立面：伟大的不完整性"（马可·贝尔泼利提）。

这让人再一次回味诺瓦利斯早在工业文明前夜的格言："给卑贱物一种崇高的意义，给寻常物一副神秘的模样。"

这些碗只能用我们的眼睛攀缘而上，由于被其逐渐变小和危险的美所困扰和干扰，我们甚至会立刻缩回对之的凝视。

基弗在谈到烧焦的书时曾说，"它是一种与火的神奇力量有关的转换，凤凰从灰烬中升起"。

至此，我们可以假定，杨键的水墨系列在某种程度上继承了现代主义艺术和后现代主义艺术的双重遗产；同时，更加虔诚地继承了两千年来的中国美术造像和绘画美学精髓。所谓"逸澹开宗""复还本色"。在其作品中，观念传达与形式探索并重。因此，与基弗艺术，甚至整个东西方美术史的深厚内涵相比毫不逊色的是，其作品的语言同样拥有震撼人心的视觉力量和不同寻常的审美意味。他在创作中将"率意形式"和"蕴意形式"合二为一，探索出独特的个人风格。只是，研究者往往将注意力放在了对杨键作品象征意义的阐释方面，这在某种程度上，或许遮蔽了他在艺术语言方面不断尝试和探索的价值。

正如利奥塔在《后现代状况》中所说："后现代主义并不是现代主义的末期，而是现代主义的初始状态，而这种状态是川流不息的。"

人类内心深处的关切与悲悯则处于失语状态，具有终极关怀的精神性表达已成为当代艺术的瓶颈。而诗人杨键的艺术，通过画家杨键的多年历练和琢磨，则以现时代纪念碑式的尺度和悲剧性的庄重语汇呈现了当代社会的另一种精神气质——严肃和沉凝，这不仅需要有深刻的洞察力和诗性定力，而且需要更加独立的人格和非凡的勇气。他的艺术无疑是对当下文化的警示，是对东西方相交媾的今日世界的一声断喝似的深重叹息。

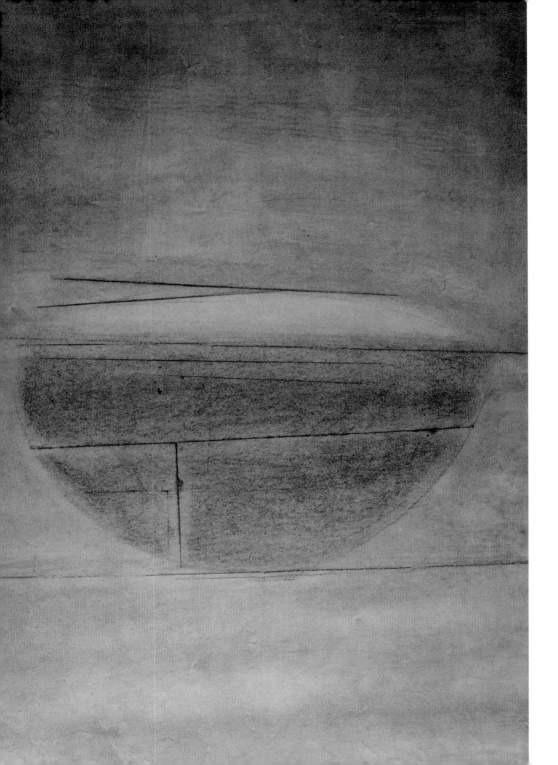

绘画就是哲学。

——达·芬奇